编者的话

程千帆先生是享誉海内的国学大师,在古代文学、历史学、校雠学、古代文学批评领域都取得了卓越的成就。他一生著作颇丰,出版有《校雠广义》《两宋文学史》《史通笺记》《文学批评的任务》《古典诗歌论丛》(与沈祖棻合著)等重要学术著作。

程千帆的夫人沈祖棻女士不仅是古典文学专家,更是当代著名女词人,以诗词成就享誉海内外,被誉为"当代李清照"。她所著《宋词赏析》堪称宋词赏析的典范之作,而这部著作正是在沈先生去世后由程先生整理出版的。文坛之内双双负有盛名的夫妻结合很少,见经见传的文坛夫妻佳话更是凤毛麟角,所以文坛有"昔时赵李今程沈"之说。

程沈两位先生晚年呕心沥血,相互支持创作并合著了如《宋词赏析》(沈祖棻著,程千帆整理)、《唐人七绝诗浅释》(沈祖棻著，程千帆校订）、《古诗今选》（程沈合著）、《读宋诗随笔》（程千帆著）等古典诗词鉴赏普及类读物，思想水平与艺术价值均值得称道，受益者极多，在读者中赢得广泛赞誉。为普及优秀中华传统文化，我社征得两位先生后人程丽则女士同意，以"程沈说诗词"为题，陆续推出，以飨读者。

《读宋诗随笔》以江苏古籍出版社版本为底本，参考了中国青年出版社版本，对书稿进行了全面校订，诗词原文、人名、地名、引用文献等都做了核对。需要说明的是：文章的每个字都是经过作者精雕细琢而呈现的，为尊重作者写作习惯以及语言文字自身发展规律，我们对经典化的作品尽量不再做现代汉语规范化处理。

限于编者的学识水平，书稿处理不当之处还请方家学者与广大读者批评指正。

前言

唐宋皆伟人,各成一代诗。
变出不得已,运会实迫之。
格调苟沿袭,焉用雷同词?
宋人生唐后,开辟真难为。

——蒋士铨《辨诗》

在我国诗歌的百花园中，五七言古今体诗是流行最广、生命力最强的样式。而唐、宋两代之作，则面貌各异，成就皆高，有如双峰并峙。吴之振序其《宋诗钞》云："宋人之诗，变化于唐，而出其所自得，皮毛落尽，精神独存。"这一论断极为扼要地说明了宋代诗人是幸运的，又是不幸的。在他们以前，已经出现了许多大师，作为他们学习的对象；但同时，这些大师的存在，又迫使他们求变求新，不同前人，使自己成为新一代的大师。其结果是产生了出于唐又异于唐的宋诗。那么，宋代诗人是在哪些方面显示了他们的特色呢？

严羽在《沧浪诗话》中首先提出并解答了这个问题。他说："国初之诗尚沿袭唐人，……至东坡（苏轼）、山谷（黄庭坚），始自出己意以为诗，唐人之风变矣。"又说："近代诸公乃作奇特解会，遂以文字为诗，以才学为诗，以议论为诗。夫岂不工，终非古人之诗也。"这些话虽有贬义，却道出了宋诗不同于唐诗的重要内涵，并且指出苏、黄是宋诗改变唐风的代表性人物。

首先，严羽指出宋人以文字为诗。"文字"这个词在宋代有广狭二义：广义指书面语言，狭义则指散文。这里显然是指曾经引起非议的以散文为诗；而以散文为诗，又往往和以议论为诗是紧密地联系着的。文多作为思想的载体，而诗则多作为感情的载体，因而文偏于表现逻辑思维而诗偏于表现形象思维，似乎是个约定俗成的传统。这一传统的打破，在墨守成规的人那里，无疑会被认为是一种生疏可疑的异端而加以反对。但如果我们不从先入为主的传统观念出发而从作品本身出发，就可发现，诗的散文化及往往包含在这个外壳中的议论，并不排斥文学艺术的最本质的特征——形象性。富有思辨性的散文，当它被移植到诗歌中之后，我们可以看到两种往往为人们所忽略的情况，一是散文化的议论本身有助于突出抒情诗的主人公——作者自己的形象。宋人大量的政治诗、咏史诗（特别是这两类诗中的翻案诗）最能证明这一点。其次，许多议论，特别是当它们被用比喻来表达时，也充满了生动活泼的形象，而并非枯燥无味的说教。思辨的形象性与其载体（结构、句法等）的散文化，构成了宋诗一个很大的特色。

　　严羽还论及宋人以才学为诗这个问题，这主要体现在诗中用典故方面。人类社会文化的积累和语言的反复使用，自然有不少可供后来者比拟、借鉴、沿袭、继承的故事、成语产生与流传。这也就是所谓典或典故。文士们在作品中用典，是要让读者更方便、更丰富、更深刻、更准确地体会自己所要表达的内容，而不是相反。有些作者不善于使用典故，导致其作品无法获得预期或应有的艺术效果；有些读者则因各种原因未能洞悉典故的含义，而无从体会使用者的本意。这些情况都是有的，但那都是使用者、接受者的问题，而非故事、成语本身有什么过错。用典风气的形成与流行和学术文化的隆盛是有关联的。宋代诗人多数是博学之士，他们的高层次文化修养不可避免地会体现在诗的创作中，从而出现了以才学为诗、作品风格繁缛、用意深曲等种种现象。这是宋诗的又一特色，但这一特色的优劣，则需要对作品进行具体分析，无法一概而论。陶渊明可算古来第一位善于用典的诗人，将陶诗囫囵读去的人，往往未能详悉。但我们即使找到它们有那么多的"来处"，也无须沾沾自喜，因为"用事而不使人觉"，也就近于或同于"胸臆语"，即创作了。我们是否可以说，以才学为诗可能是一病，而以才学读诗，每读一诗，就忙着寻找其中所用典故，也同样是一病呢？

正因为宋人以这些特色来将自己区别于唐人，严羽才一方面反对其不似古人，而又不能不服其工。由此可见，以文字、议论、才学为诗，虽不始于宋人，但确实是到了宋代，才在创作实践中解决了以文字、议论、才学为诗，也可以写出很好的作品这个问题。而这正是通过"以故为新"的手段来实现的。

苏、黄都曾提出"以故为新"。这个"故",恐怕不只是诗人们已经再现的生活,用过的材料,也应当包括他们创作的历史经验在内。六朝人也曾以才学为诗,被钟嵘《诗品》所指斥,这是人所共知的。但宋人腕底出现的典故,却远比六朝人精切、巧妙;而唐人所开创的诗歌散文化与思辨性的道路,到了宋代,也有长足的延伸。如果我们将杜甫、韩愈和王安石、苏轼之作细加比较,当不难发现此点。

袁枚《续诗品·著我》云:"不学古人,法无一可。竟似古人,何处著我?字字古有,言言古无。吐故吸新,其庶几乎!"这就比较具体地说明了文学创作的传统与继承的辩证关系。

宋人之变化于唐而出其所自得,也正在此。五十年前,缪彦威先生在《论宋诗》中已经扼要地指出宋人"变唐人之所已能,而发唐人之所未尽",所以"宋诗虽殊于唐,而善学唐者莫过于宋"。他还概括而明晰地指出两者的异同:"唐诗以韵胜,故浑雅,而贵蕴藉空灵;宋诗以意胜,故精能,而贵深折透辟。唐诗之美在情辞,故丰腴;宋诗之美在气骨,故瘦劲。唐诗如芍药海棠,秾华繁彩;宋诗如寒梅秋菊,幽韵冷香。唐诗如啖荔枝,一颗入口,则甘芳盈颊;宋诗如食橄榄,初觉生涩,而回味隽永。譬诸修园林,唐诗则如叠石凿池,筑亭辟馆;宋诗则如亭馆之中,饰以绮疏雕槛,水石之侧,植以异卉名葩。譬诸游山水,唐诗则如高峰远望,意气浩然;宋诗则如曲涧寻幽,情境冷峭。唐诗之弊为肤廓平滑,宋诗之弊为生涩枯淡。虽唐诗之中,亦有下开宋派者,宋诗之中,亦有酷肖唐人者;然论其大较,固如此矣。"

也许严羽所举三个方面以及缪先生所作的反复形容还不能完全说明唐宋诗相异的缘由和相别的面貌,但两家之说,已为我们提供了对宋诗的基本认识。

这个小册子只选了一百多首诗,对于整个宋诗来说,它们只是沧海一粟,而且考虑到读者的接受能力等等条件,显然不可能体现宋诗发展的完整过程。这本小书只是想使读者对有异于唐诗的宋诗风味尝鼎一脔而已。再说品评的方法,由于近十年来鉴赏辞典一类的书已经很多,读者不难从其中得到教益,所以我在本书中并没有按照一般的方法进行品评,而只是在每首或几首诗后,就其所知,随手写下一点读后感,既无统一的规范,也无内容的限制,信笔所之,未免零乱,这是要请读者原谅的。

目录

郑文宝 - 001
⊙ 绝句三首选一

王禹偁 - 003
⊙ 村行

寇 准 - 005
⊙ 追思柳恽汀洲之咏，尚有遗妍，因书一绝

杨 亿 - 007
⊙ 书怀寄刘五二首选一

司马池 - 010
⊙ 行色

晏 殊 - 012
⊙ 寓意

宋 祁 - 015
⊙ 落花

曾公亮 - 018
⊙宿甘露僧舍

梅尧臣 - 020
⊙汝坟贫女 ⊙悼亡三首

苏舜钦 - 027
⊙中秋夜吴江亭上对月，怀前宰张子野及寄君谟蔡大
⊙淮中晚泊犊头

欧阳修 - 032
⊙水谷夜行，寄子美、圣俞 ⊙春日西湖寄谢法曹歌
⊙戏答元珍 ⊙梦中作

赵　抃 - 042
⊙次韵孔宪蓬莱阁

李　觏 - 044
⊙忆钱塘江

柳　永 - 046
⊙煮海歌

王安石 - 050
⊙明妃曲二首 ⊙示长安君 ⊙楼上 ⊙雪干
⊙金陵即事三首选一 ⊙北陂杏花

⊙送和甫至龙安，微雨，因寄吴氏女子

王　令 - 061
⊙暑旱苦热

晁端友 - 063
⊙宿济州西门外旅馆

苏　轼 - 065
⊙庐山二胜二首⊙凤翔八观八首选一⊙游金山寺⊙法惠寺横翠阁
⊙荔支叹⊙有美堂暴雨⊙八月七日初入赣，过惶恐滩
⊙六月二十日夜渡海⊙六月二十七日望湖楼醉书五首选一
⊙饮湖上，初晴后雨二首选一

苏　辙 - 089
⊙逍遥堂会宿二首

黄庭坚 - 092
⊙送范德孺知庆州⊙王充道送水仙花五十枝，欣然会心，为之作咏
⊙戏和答禽语⊙次元明韵寄子由⊙登快阁
⊙雨中登岳阳楼，望君山二首

道　潜 - 105
⊙临平道中

秦 观 - 107
⊙春日五首选二

张 耒 - 110
⊙偶题二首⊙怀金陵三首选一

陈师道 - 114
⊙妾薄命二首⊙示三子⊙怀远⊙谢赵生惠芍药三首选一

韩 驹 - 124
⊙九绝为亚卿作选三

江端友 - 127
⊙牛酥行

唐 庚 - 130
⊙张求

惠 洪 - 134
⊙瑜上人自灵石来,求鸣玉轩诗,会予断作语,复决堤,作一首

王庭珪 - 139
⊙送胡邦衡之新州贬所二首选一
⊙辰州僻远,乙亥十二月方闻秦太师病,忽蒙恩自便,始知其死,作诗悲之

汪　藻 – 143
⊙即事二首

李清照 – 146
⊙咏史

吕本中 – 149
⊙兵乱后杂诗二十九首选二

陈与义 – 152
⊙伤春⊙怀天经、智老，因访之⊙和张规臣水墨梅五绝

刘子翚 – 161
⊙汴京杂诗二十首选四

岳　飞 – 165
⊙池州翠微亭

陆　游 – 168
⊙长歌行

⊙五月十一日，夜且半，梦从大驾亲征，尽复汉、唐故地。见城邑人物繁丽，云"西凉府也"。喜甚，马上作长句，未终篇而觉，乃足成之⊙登赏心亭⊙夜登千峰榭⊙临安春雨初霁

⊙龙兴寺吊少陵先生寓居⊙楚城⊙沈园二首

范成大 - 186
⊙后催租行⊙宜春苑⊙州桥⊙市街⊙翠楼

杨万里 - 193
⊙池口移舟入江，再泊十里头潘家湾，阻风不止
⊙初入淮河四绝句

萧德藻 - 198
⊙登岳阳楼

朱　熹 - 201
⊙观书有感二首

陈　造 - 203
⊙望夫山

林　升 - 206
⊙题临安邸

姜　夔 - 208
⊙除夜自石湖归苕溪十首选三⊙姑苏怀古

翁　卷 - 212
⊙山雨⊙野望

赵师秀 - 214
⊙约客

戴复古 - 216
⊙织妇叹⊙江阴浮远堂⊙论诗十绝选二

严 羽 - 222
⊙和上官伟长芜城晚眺

毛 珝 - 224
⊙甲午江行

刘克庄 - 227
⊙国殇行⊙军中乐⊙北来人二首⊙赠江防卒六首选二

方 岳 - 235
⊙三虎行

罗与之 - 238
⊙寄衣曲二首

许 棐 - 240
⊙泥孩儿

叶绍翁 - 242
⊙游园不值

家铉翁 - 245
⊙寄江南故人

文天祥 - 247
⊙过零丁洋

郑思肖 - 250
⊙二砺

汪元量 - 253
⊙醉歌十首选二⊙湖州歌九十八首选二

林景熙 - 258
⊙梦中作四首⊙山窗新糊有故朝封事稿，阅之有感

谢　翱 - 264
⊙效孟郊体七首选三

程千帆小传 - 268

程千帆著作目录 - 274

郑文宝 (952—1012)

字仲贤,一字伯玉,宁化(今属福建)人。初仕南唐至校书郎,入宋,举太宗太平兴国八年(983)进士,补修武县主簿。淳化二年(991)授陕西转运使,对西北地区经济颇多策划,后因减盐价亏损国课被贬。为人有才学,文艺之外,亦通军事。有集二十卷,今佚。

绝句 三首选一

亭亭画舸系寒潭,① 直到行人酒半酣。
不管烟波与风雨, 载将离恨过江南。

【注释】

① 亭亭:高耸貌。画舸(gě,音葛):绘有花纹或图案的船。

【品评】

此诗,何汶《竹庄诗话》载作者为张耒,题为《柳枝词》,这里遵从多数记载。它是宋初少数脍炙人口的绝句之一。石遗老人陈衍《宋诗精华录》指出这篇诗在结构上是"首句一顿，下三句连作一气说，体格独别。唐人中惟太白'越王勾践破吴归'一首，前三句一气连说，末句一扫而空之。此诗异曲同工，善于变化"。陈衍指出郑李两诗的联系和区别，无疑是对的。但唐人绝句除李白"越王勾践破吴归，战士还家尽锦衣。宫女如花满春殿，只今惟有鹧鸪飞"这篇《越中怀古》外，其他如韩愈《同水部张员外籍曲江春游寄白二十二舍人》："漠漠轻阴晚自开，青天白日映楼台。曲江水满花千树，有底忙时不肯来？"元稹《刘阮妻》："芙蓉脂肉绿云鬟，罨画楼台青黛山。千树桃花万年药，不知何事忆人间。"也都与李诗同格，可见此法非李诗所独具，但郑诗则反其道而行之，以首句启后三句，因此在表现方式上，也就有所发展。

其次，此诗末句不说画舸将怀着离恨的行客载过江南，而径直说"载将离恨过江南"，将离恨拟人化，变为一种可闻可见可触的事物，也很独特，因而对后来影响很大。如周邦彦《尉迟杯》词有云："无情画舸，都不管、烟波隔前浦。等行人、醉拥重衾，载将离恨归去。"即完全是郑诗改写。与周词相比，李清照词《武陵春》云："闻说双溪春尚好，也拟泛轻舟。只恐双溪舴艋舟，载不动许多愁。"你说愁恨载得走，我却说载不动，旧曲翻新，就别有韵味了。

我们欣赏文学作品，如能从比较着眼，必然能发现许多有意思的东西。

王禹偁 (954—1001)

字元之,巨野(今属山东)人。太平兴国八年(983)进士,授成武县主簿,端拱元年(988)应中书试,擢直史馆,次年迁知制诰。后以直言敢谏,在仕途多次升沉,几次入知制诰,又被贬外任军州。后在知蕲州时病卒。今存《小畜集》三十卷,《小畜外集》残本。

村　行

马穿山径菊初黄，　信马悠悠野兴长。①
万壑有声含晚籁，②　数峰无语立斜阳。
棠梨叶落胭脂色，③　荞麦花开白雪香。
何事吟余忽惆怅？　村桥原树似吾乡。④

【注释】

① 信马：任马随意行路，不加控制。野兴(xìng，音杏)：郊游的兴趣。
② 壑(hè，音鹤)：山沟。籁：从孔穴中发出的声音，泛指声音。

③ 棠梨：即杜梨，一种落叶乔木，枝有针刺。

④ 原：平地。

【品评】

王禹偁立朝正直，以敢于指陈朝廷得失闻名于世。他的诗在内容和风格方面都受了白居易的影响。他初学白居易，又随着白居易走的道路进而学杜甫，所以曾有诗道："本与乐天为后进，敢期子美是前身。"又曾赞美杜甫，认为"子美集开诗世界"。他初步摆脱晚唐秾艳之体，为宋代诗歌变革开辟了有异于唐人的风气，由于才力不够雄深，出语比较平弱，成就不算很高。这首《村行》则不失为成功之作。

太宗淳化二年（991），王禹偁因论妖尼道安事获罪，被贬为商州团练副使。此诗作于次年八月，反映了他谪居生活的一个侧面。公余之暇，信马闲游，秋色明丽而宁静，本来是可怡神悦性的。可是一想到自己忠而得罪，未免对景难排，赏景吟诗之后，反而不能不感到寂寞而思念故乡了。不念朝廷而念家园，正是暗示自己在政治上的失意。用笔极为含蓄。壑本无声，风过则闻之有声，这是真；峰不能语，静立却反似能语而不语，这是幻。闻之真与见之幻交织，从明丽宁静中显示出凄清，同时也显示出诗人的孤独。姜夔《点绛唇》上阕云："燕雁无心，太湖西畔随云去。数峰清苦，商略黄昏雨。"两篇所写天候有晴雨之异，峰峦有语默之殊，而各极其妙。

寇 準 (961—1023)

字平仲,下邽(今陕西渭南)人。太平兴国五年(980)进士,授大理评事,累迁至左谏议大夫、枢密副使,改同知枢密院事,拜参知政事。真宗景德元年(1004),授同中书门下平章事,集贤殿大学士。是年冬,契丹攻宋,準力劝真宗亲征,至澶州,迫使契丹议和,史称"澶渊之盟"。天禧四年(1020),在真宗病中密奏请太子监国,禁皇后预政,事泄,罢相。后为丁谓构陷,贬道州司马,再贬雷州司户参军,卒。后赐谥忠愍。有《忠愍集》三卷,今存。

追思柳恽汀洲之咏,尚有遗妍,因书一绝

杳杳烟波隔千里,① 白蘋香散东风起。②
日落汀洲一望时,③ 愁情不断如春水。

【注释】

① 杳(yǎo,音咬)杳:远貌。
② 白蘋:一种生在浅水中的植物,叶有长柄,柄端有小叶呈"田"字形,春天开白色小花,可供观赏。
③ 汀洲:浅水边的平地,小洲。

【品评】

　　齐梁间诗人柳恽有一篇《江南曲》，其辞云："汀洲采白蘋，日暖江南春。洞庭有归客，潇湘逢故人。故人何不返？春花复应晚。不道新知乐，只言行路远。"这首诗非常含蓄而成功地画出一幅闺怨图。其妙处就在于只点出当这位妻子好不容易听到远在湖南的丈夫的消息后，却没有听到她最想得到的信息，即他的归期。而那位富于同情心的归客虽然确实会见了她的丈夫，可是同时还看到了这位远方游子已经有了新知（新欢），可他怎么好对她直说呢？怕她承受不了这个沉重的打击，他便只好扯谎，推托说她的丈夫因道路遥远，一时回不来了。她听到后，是怎么个反应，柳恽不说了，这便是遗妍，即尚未完全发掘出来的美好的心灵。寇準让读者回忆柳诗中所写的景色之后，着重揭示出这位忠诚于丈夫的妻子毫未怀疑丈夫的忠诚，她只是满怀愁绪，像春水长流一样永远痛苦地盼望着。这是多么动人的形象啊！两篇合读，痴心女子负心汉的对比，就显得更为鲜明。各种文学样式的表现方法都有其独特性，这种题材到了剧作家手中，就可能变成《王魁负桂英》之类的作品了。

　　寇準别有一首杂言体《江南春》云："波渺渺，柳依依。孤村芳草远，斜日杏花飞。江南春尽离肠断，蘋满汀洲人未归。"用意与本篇略同，所以也有的本子题为《江南春二首》。

杨 亿 (974—1020)

字大年,浦城(今属福建)人。太宗淳化三年(992)进士。历官光禄寺丞,直集贤院,著作佐郎。真宗初预修《太宗实录》,旋拜左司谏,知制诰,工部侍郎,翰林学士。尝与王钦若等同修《册府元龟》,所著有《括苍》《武夷》《颍阴》等集一百九十四卷,今唯《武夷新集》二十卷传世。

书怀寄刘五① 二首选一

风波名路壮心残,② 三径荒凉未得还。③
病起东阳衣带缓,④ 愁多骑省鬓毛斑。⑤
五年书命尘西阁,⑥ 千古移文愧北山。⑦
独忆琼林苦霜霰,⑧ 清尊岁晏强酡颜。⑨

【注释】

① 刘五:刘筠,字子仪,行五,时与杨亿同官知制诰。
② 名路:求取功名富贵的道路。壮心:用世之心。残:衰退。
③ 三径:指园内的一些小道。"三"在这里只是虚指多数。东汉蒋

翊隐居不出，在自己庭院的竹林间开上几条小道，只和友人求仲、羊仲二人同游其中。后来陶渊明在《归去来兮辞》中说："三径就荒"。

④ 东阳：齐郁林王萧昭业隆昌元年（494），沈约任东阳太守，后人因此以东阳为沈的代称。他在给友人徐勉的信中，曾叙及自己因病变瘦，"百日数旬，革带常应移孔"。缓：松弛。《古诗》："相去日已远，衣带日已缓。"衣带松弛，就是瘦了，所以要移动系腰皮带的孔穴。

⑤ 晋潘岳在《秋兴赋》的序文中说，他三十二岁那年（晋武帝咸宁四年，278），"始见二毛"，即鬓毛斑。斑，杂色。这年，他正"以太尉掾兼虎贲中郎将寓直于散骑（jì，音计）之省（即借散骑常侍的官署办公）"。

⑥ 五年：杨亿在真宗咸平四年（1001）任知制诰，景德三年（1006）转翰林学士，首尾五年。书命：指为皇帝起草的诏书命令。尘：污染，自谦之辞，指不称职。西阁：知制诰办公的地方。

⑦ 南齐时，周彦伦隐居北山（今南京紫金山），后来不甘寂寞，出来做官，曾拟经过旧居。孔稚珪便作了一篇《北山移文》，嘲笑他这种利用隐士身份来沽名钓誉的行为。文中有句云："林惭无尽，涧愧不歇"。

⑧ 琼林：宋皇家苑名，在开封顺天门外，皇帝常在其中赐宴。苦霜霰：以结霜降雪为苦。

⑨ 清尊：犹美酒。尊，酒杯。岁晏：年终。强（读上声）：勉强。酡（tuó，音驼）：饮酒后脸上发红。

【品评】

　　杨亿学博才高，很年轻的时候便受到朝廷的重视，赋性正直，却不免恃才傲物。他曾因真宗指责他代草的诏书用字不当，便引咎辞职，连皇帝都说他"不通商量，真有气性"。这首诗是他对自己处境不满而发。我国古代有抱负的士大夫，走上仕途，总希望能致君泽民，而轻视文字工作（哪怕是代皇帝做这种工作）。杨亿的牢骚便由此而来。这时他也正是三十二岁，便以沈约、潘岳自比，觉得多愁多病，如届暮年，身居清要之职，却感叹名路风波，而希望归隐。这种心态，即所谓怀才不遇之感，在我国唐宋以来的士大夫身上，是很普遍的。所以此诗有其一定的代表性，有其认识作用。

杨亿和刘筠等，写诗都学晚唐的李商隐。杨亿曾编次同人唱和之作为《西昆酬唱集》，所收都是这一流派的作品，因此被称为西昆派。李商隐的七言律诗，是晚唐一大宗。其风格以精丽沉郁为主，还有一些虽然出笔也很深婉简练，仍然用典，却无堆砌晦涩之病。此诗便是学后一种。就诗论诗，它不失为完美之作。

司马池 （980—1041）

字和中，夏县（今属山西）人。景德二年（1005）进士。授永宁主簿。入为侍御史知杂事，更三司副使，知河中府，后历知同、杭、虢、晋诸州。今存诗仅此一首。

行 色

冷于陂水淡于秋，^① 远陌初穷到渡头。^②
赖是丹青无画处，^③ 画成应遣一生愁。

【注释】

① 于：这里用作表示比较的介词。陂（bēi，音碑）：池塘。
② 陌：田间小路，也泛指郊野。穷：尽。
③ 赖是：幸而，亏得。丹青：绘画常用的红色和青色，借指绘画。

【品评】

　　作者的儿子司马光在其晚年所撰《续诗话》中，曾说他父亲这首诗系作于监安丰（今河南固始东南）酒税的赴官途中，并首先指出，它的特色是能"状难写之景"。其后张耒在《记行色诗》一文中也认为此诗有合于梅尧臣所谓"状难状之景如在目前，含不尽之意见于言外"的理论。陈衍《宋诗精华录》也赞赏它"有神无迹"，并说："文言之，为欧公之'平芜近处是春山，行人更在春山外'；质言之，则为此诗第二句。"行色，指旅途中的景色以及由此而产生的情怀。这种由景入情从而达到情景交融的诗篇历来是不少的。例如吴子良《林下偶谈》便曾举出范仲淹所写《野色》一诗中第三四句"白鸟忽点破，夕阳还照开"，认为可与司马池《行色》中的似乎写景实则写情的第一句比美。这话虽然大体上也说得过去，但范仲淹此诗中出现的是凸出的实景，而欧阳修《踏莎行》中的春光，司马池《行色》中的秋意，却只是点到即止，丝毫没有从正面加以刻画。也就是以不刻画为刻画，因而有神无迹。《行色》后半指出，这行色幸而画不出，若画了出来，真会教人一辈子发愁。但他这种不从正面着笔的表现方式却更让读者由于接受了他的导引而陷入了无穷无尽的怅惘之中，难以摆脱，这却是诗人自己当初没有想到的。

晏 殊 (991—1059)

字同叔,临川(今属江西)人。景德二年(1005)赐同进士出身,初授秘书省正字,后擢翰林学士。仁宗朝,屡迁枢密副使,除参知政事,进枢密使。庆历二年(1042),加同平章事。其间曾数度出任地方长官。殊著述丰富,据其门人宋祁《笔记》所载,其诗"末年见编集者乃过万篇,唐人以来所未有",惜多已失传。今有清人辑本《元献遗文》。

寓 意①

油壁香车不再逢,② 峡云无迹任西东。③
梨花院落溶溶月,④ 柳絮池塘淡淡风。
几日寂寥伤酒后,⑤ 一番萧瑟禁烟中。⑥
鱼书欲寄何由达,⑦ 水远山长处处同。

【注释】

① 寓意:写诗寄托相思之意。
② 油壁香车:用香木制成经过油漆的车子,女子所乘。这里代指乘车的人。

③此句是说情人离去,难以追踪,只好听之任之。峡云:巫峡上的云。峡,巫峡。云,"云雨"一词的偏称。云雨,巫山神女的化身。自从宋玉的《高唐赋》与《神女赋》描写朝则为云暮则为雨的神女与楚王欢会之事以后,"云雨"一词就始而成为与人通情的美女的代称,又进而变为男女交欢行为的代语。

④溶溶:广阔貌。

⑤伤酒:饮酒过度。称过度为伤,是唐宋时代的俗语。

⑥萧瑟:冷落貌。禁烟:古代风俗,在清明前一天或两天禁举烟火,人们都吃冷食,名寒食。

⑦鱼书:指书信。鱼,指藏书信的函,以木板两块,刻成鲤鱼形,将信夹在里面。

【品评】

此诗写的是对别去情人的怀想。从用峡云之典看来,诗人所思念的显然是一位社会地位较低如歌伎一类的人物,然而他却对她一往情深,写出如此缠绵悱恻的诗来。可见爱情的力量有时是能够突破社会上许多不太合理的规范的。

诗首联写分离的事实,尾联写怀念的心情,仅此四句,便已表达了所寓之意,但如没有中二联来点出诗人所处的空间与时间,显示他在这种极为美好的时空里却极无聊赖的心情,那就无法满足诗人自己所要充分表达的心灵活动了。在今天看来,晏殊在词方面的成就似乎比诗高。他有些词和他这类的诗十分相近,如《踏莎行》云:"碧海无波,瑶台有路,思量便合双飞去。当时轻别意中人,山长水远知何处? 绮席凝尘,香闺掩雾,红笺小字凭谁附?高楼目尽欲黄昏,梧桐叶上萧萧雨。"又《蝶恋花》云:"槛菊愁烟兰泣露，罗幕轻寒，燕子双飞去。明月不谙离恨苦，斜光到晓穿朱户。　　昨夜西风凋碧树，独上高楼，望尽天涯路。欲寄彩笺兼尺素，山长水阔知何处？"合而观之，情致全符，而点景布局，各有特色，可以比观，于同中求异。当然，我们永远不会知道，也无须知道晏殊这三篇作品中的峡云、意中人和要寄与彩笺的那位姑娘是否一人。但生活在重叠，诗人的情怀也就随之而出现重叠。

宋 祁 (998—1061)

字子京，安陆（今属湖北）人，后徙雍丘（今河南杞县）。仁宗天圣二年（1024）进士，初任复州军事推官，累官国子监直讲、三司度支判官、知制诰、翰林学士、史馆修撰。预修《唐书》。十余年间历官内外，皆以史稿自随，卒成列传一百五十卷。官终翰林学士承旨。有集一百五十卷，已佚。今有清人辑本《景文集》及《景文集拾遗》。

落 花

坠素翻红各自伤，① 青楼烟雨忍相望？②
将飞更作回风舞，③ 已落犹成半面妆。④
沧海客归珠迸泪，⑤ 章台人去骨遗香。⑥
可能无意传双蝶，⑦ 尽付芳心与蜜房。⑧

【注释】

① 坠素：坠落的白花。 翻红：凋谢的红花。
② 青楼：墙壁涂以青色的楼房，汉唐时指贵妇人住所，元明以后，逐渐转化为妓院的代称。这里仍用本义。望：这里读平声。

③ 回风舞：古小说《洞冥记》载，汉武帝宫人丽娟在芝生殿唱《回风曲》，庭中花皆翻落。
④ 半面妆：《南史·后妃传》载，梁元帝瞎了一只眼。徐妃在他来时，故意作半面妆（即只在半边脸上化妆）等待他。
⑤ 沧海：古代通称今黄海、渤海、东海海域为沧海，南海海域则称南海或涨海。只有南海才产珍珠，此处沧海泛指诸海。语意本李商隐《锦瑟》："沧海月明珠有泪"。古代传说，南海有鲛人，泣泪成珠。这里以蚌生珠喻人落泪。
⑥ 章台：西汉都城长安的一条繁华街道。骨：指花瓣。
⑦ 传：招引。
⑧ 蜜房：蜂窝，特指蜂藏蜜的所在。

【品评】

这是一首构思十分精巧的咏物诗。我国古代美学认为，摹写物象，大体有三个不同的层次：首先是要形似，即能传达出客观事物的外部特征。其次就是要形神兼备，即除了事物的外部特征之外，还要进一步体现出蕴藏于事物形体中的内在精神实质来。而最高的层次则是遗貌取神，即为了更精确更丰富地表现客观事物，诗人和艺术家有时会故意忽略它们的某些外部形态以突出其内在的精神。

宋祁这首诗，写的是绿暗红稀的时节，凄烟零雨的光景。诗人一上来便想到了不但人会惜花，花也会自惜，所以先写出首句，然后才继以次句，花既各自伤，人也就更不忍相望了。这便形成了一种令人伤感的氛围，为全诗定下了调子。

一般人都以花比喻美女，而宋祁却反过来，以美女比花，以美女的快舞形容花之飞空，以美女残妆形容花之委地。这正是作者的匠心所在。而更重要的是这两句诗还象征着一个人在艰难困苦中不屈不挠坚持到底的精神，因此为后世所推重。二句咏落花，只出之以比喻，与其外形全无关涉，却见出了它的品格风神。此即遗貌取神之一例。五六句写花落后为人惋惜之怀。沧海客归，章台人去，见游客聚散无常。因骨遗香，致珠迸泪，其睹物伤情则一。末联谓花经蜂采，已成蜜入房，虽然想再招引蝴蝶，已无可能了，从而进一步落实了题中落字，结束全诗。

晚清俞樾有"花落春仍在"之句，为他的老师曾国藩所激赏，因自名其居为春在堂。又黄季刚先生《灵谷寺看牡丹》二首之一云："朱明已至绿阴稠，始向郊坰补禊游。喜见危红藏叶底，有花仍可说春留。"均与此诗貌异心同，以从反面着想取胜。

曾公亮 (999—1078)

字明仲，晋江（今福建泉州）人。天圣二年（1024）进士。累迁知制诰、史馆修撰、翰林学士。嘉祐元年（1056）除给事中、参知政事。五年（1060），除枢密副使。六年（1061），拜吏部侍郎、同中书门下平章事、集贤殿大学士。英宗即位，依旧执政。神宗熙宁二年（1069），进昭文馆大学士，后以太傅致仕。有文集三十卷，今佚。

宿甘露僧舍①

枕中云气千峰近，床底松声万壑哀。

要看银山拍天浪，开窗放入大江来。

【注释】

① 甘露僧舍：即甘露寺，在今江苏镇江北固山上，下临长江。

【品评】

此诗首两句极写雄伟壮阔的大自然如何向自己靠近，似已到了枕中床底可以触及的地步,但对着这种景色,诗人的心境却是异常宁静的。他以至静面对至动,仔细观赏,因为他高卧于高山古寺中,并无丝毫危险,任凭风浪起,稳坐钓鱼台。但在范成大的诗《判命坡》中,却出现这样的句子:"侧足二分垂坏磴,举头一握到孤云。"路险山高,一至于此。而当时自己的生命却又与之紧紧关联,一失足成千古恨,所以范成大在下文写道:"早晚北窗寻噩梦,故应含笑老榆枌。"即多年以后,回忆这次征程,还不免有些后怕和后悔。两人在心情上的区别,就在于曾公亮观景时,身在景外,而范成大观景时则身在景中。自己是否介入,决定了范诗风格峭拔而曾诗情调雄浑。

此诗后半写从窗中揽景。作家们对此也有不同的写法。谢朓《郡内高斋闲坐答吕法曹》云:"窗中列远岫"。杜甫《绝句》云:"窗含西岭千秋雪"。写窗中所见之山。此诗云:"开窗放入大江来。"苏轼《南堂》云:"挂起西窗浪接天。"写窗中所见之水。虽动静不同,但都是通过一窗,内外通流,小中见大,使读者由窗中的小空间进入窗外的大空间,瞭望的角度随时不同,眼中所见也就跟着发生变化。这样,景物就无限地增多,读者所能享受的美也就无限地丰富了。至于曾诗独写人要看江,所以开窗,将它放入,与谢、杜、苏只是将窗中之景作为一个偶然入目的客观存在,其意趣又自有深浅,这是无须多加解说的。

梅尧臣 （1002—1060）

字圣俞，宣城（今属安徽）人。宣城古名宛陵，因而世称宛陵先生。以叔父梅询恩荫任主簿、知县，仁宗皇祐三年（1051）召试，赐同进士出身，为国子监直讲，累迁尚书都官员外郎，世称梅都官。有《宛陵先生文集》六十卷，今存。又外集十卷，今佚。

汝坟贫女[①]

汝坟贫家女，　行哭音凄怆。[②]
自言"有老父，[③]孤独无丁壮。[④]
部吏来何暴，　县官不敢抗。
督遣勿稽留，[⑤]龙钟去携杖。[⑥]
勤勤嘱四邻：'幸愿相依傍。'[⑦]
适闻闾里归，[⑧]问讯疑犹强。[⑨]
果然寒雨中，　僵死壤河上。[⑩]
弱质无以托，[⑪]横尸无以葬。

生女不如男， 虽存何所当！^⑫
抚膺呼苍天，^⑬ 生死将奈向？^⑭"

【注释】

① 汝坟：汝水边。坟，本义为大堤，引申为水边。
② 行哭：即哭行，哭着。
③ "自言"以下，都是这位贫女的控诉。
④ 丁壮：即壮丁，青年男子。
⑤ 督：督促。遣：遣送。
⑥ 龙钟：老人行动迟缓疲惫的样子。去携杖：扶杖去应征。
⑦ 这句是老父被强迫离开留家的女儿时，拜托邻里照顾她的话。
⑧ 闾里：邻居。
⑨ 这句是说贫女希望她父亲还可勉强支持，便去问个究竟。
⑩ 壤河：疑即瀼河，流经鲁山县，入沙河。
⑪ 弱质：贫女自指。
⑫ 何所当（读去声）：顶什么用。
⑬ 抚膺：捶胸。
⑭ 奈向：奈何，怎么办。向，助词，无实义。

【品评】

宋仁宗康定元年（1040），西夏出兵攻宋。朝廷按照当时制度，正规军之外，还动员了民兵，按人口比例抽丁，团结训练，以为防守。许多官吏却借此胡作非为，不在规定范围之内的老幼也被强迫应征。此诗及其姊妹篇《田家语》便是当时暴政的实录。

《田家语》写官吏横暴,人民愁怨之情,《汝坟贫女》则通过一位少女的控诉,进一步描绘了一个由于非法抽丁,使得人民家破人亡的典型事例。《诗经·周南》有《汝坟》一篇,按照先儒的解释,是用一位妇女的口气描写乱世的作品,其中说到官家的差遣虽然像火一般急,但父母在身边,还可依靠。这首诗取《诗经》旧题,也用一位女子的口吻来写,但她的境遇却更为悲惨。杜甫、元结那些充满了对人民的爱心而语言又非常朴实的咏叹时事的诗篇,显然是梅尧臣这类作品的先导。

在梅尧臣之前,王禹偁也曾希望通过自己的创作,将诗歌纳入现实主义的轨道中来,但由于才力的限制,他的努力没有起到多大的作用,只有到了梅尧臣、欧阳修等人,才弥补了王禹偁的遗憾。吴之振《宋诗钞》引元代龚啸的话说梅尧臣是"去浮靡之习于昆体极弊之际,存古淡之道于诸大家未起之先",对这位诗人的历史地位作了很公正的评价。

在布局方面,此诗开头两句将这位贫女介绍给了读者以后,便由她直接向读者讲述自己的痛苦遭遇,直到终篇。将诗人的主观意愿通过客观记载表现出来,这也是比较特别的和值得注意的。

悼亡①三首

结发为夫妇,②于今十七年。
相看犹不足,何况是长捐。③
我鬓已多白,此身宁久全?
终当与同穴,④未死泪涟涟。

每出身如梦,逢人强意多。⑤
归来仍寂寞,欲语向谁何?⑥
窗冷孤萤入,宵长一雁过。
世间无最苦,精爽此消磨。⑦

从来有修短,⑧岂敢问苍天。
见尽人间妇,无如美且贤。
譬令愚者寿,何不假其年?⑨
忍此连城宝,⑩沉埋向九泉?⑪

【注释】

① 悼亡:本义是悼念死者。但自晋潘岳为他故去的妻子杨氏赋悼

亡诗后，此题便特指悼念亡妻了。庆历四年（1044），梅尧臣妻谢氏病故，此诗作于当年。

② 结发：古礼，男子到了二十岁，束发加冠；女子到了十五岁，束发加笄（jī，音基，簪子），表示成年，通称结发。

③ 捐：抛弃。

④ 同穴：夫妇合葬一个墓穴。

⑤ 强（读上声）意：意绪消沉，强颜对付。

⑥ 这两句是说无人能够理解自己的悲苦之情。谁何：哪一个。

⑦ 精爽：精神。

⑧ 修短：长短，这里指寿命而言。

⑨ 这两句是说也有许多愚人却长寿，老天爷何不借他们一些寿数给自己的妻子呢？

⑩ 连城宝：指和氏璧。璧是一种平圆形、中心有孔的玉，古代用作礼器。春秋时楚人卞和发现一块宝玉，后来制成了璧。它在战国时为赵惠文王所得，秦昭王愿以十五座城交换，因此称为连城璧。

⑪ 九泉：即黄泉，地下的水流。人死后葬入地下，故以之代指葬地或死亡。

【品评】

汉语诗歌的古典形式是偏于短小的。被称为今体的律诗，一般只有八句，绝句（或称小律诗）只有四句；就是古体，与各兄弟民族的及外国的诗比较起来，也仍然是很短的。为了容纳在同一主题下的广阔生活画面，先民创造了连章的办法，即用同一形式写成多首具有相对独立性而又互相联系着的作品。它少的仅两首，多的达一百多首。这种伸缩自如的形式为诗人提供了极大的方便，也弥补了篇幅较短的缺陷，它略同于今天文学术语所谓的组诗。梅尧臣这三首题为《悼亡》的作品，就是小型的连章诗。

恩爱夫妻突然失去了"较好的一半"，当然是一件使人极度悲伤的事情，所以历来传诵的悼亡名作不少。晋潘岳、唐元稹、宋梅尧臣的悼亡诗各三首曾被分别选入了最流行的选本萧统《文选》、蘅塘退士《唐诗三百首》、陈衍《宋诗精华录》中，因而得到更广泛的传播。陈衍曾将潘、梅两家之作加以比较说：潘安仁诗以《悼亡》三首为最，然除"望庐"二句（"望庐思其人，入室想所历"）、"流芳"二句（"流芳未及歇，遗挂犹在壁"）、"长簟"二句（"展转眄枕席，长簟竟床空"）外，无沉痛语。盖熏心富贵，朝命刻不去怀（指第一首"俛俛恭朝命，回心反初役"及第三首"投心遵朝命，挥涕强就车"诸句），人品不可与都官同日语也。这里提出了一个古老的命题，即人品与文品具有一致性。但正是对这位潘岳，元好问就提出过不同的看法。在《论诗》中，他写道："心画心声总失真，文章宁复见为人。高情千古《闲居赋》，争信安仁拜路尘。"（潘岳谄事贾谧，见其车出，望尘而拜。见《晋书》本传）道德与文艺的关系，永远是一个令人困惑的问题。在我们看来，一个人的思想感情虽然有其稳定性和连贯性，但也不是铁板一块，一成不变的。一个品德不高甚至很坏的人，当他处在正常心理状态的时候，也能从作品中反映出主观的真诚和客观的真实来。否则，同样熏心富贵的元稹，在回忆已经死去多年的妻子时，却能写出那么一往情深、沉痛至极的悼亡诗《遣悲怀》，便不可理解了。至于作品的高下，在很大的程度上取决于作者的艺术修养，而非取决于他们的品德，这也是人所共知的。

据诗意所述，潘岳之作是他在杨氏逝世约一年以后，回家探视，又离家回朝时写的。元稹之作成于何时尚难确定，但为韦氏逝世之后若干年则无疑。而梅尧臣之作，则成于谢氏死后不久。知道这三组诗作期上的差别，对于理解它们可能是有益的。它决定了潘、元两人作品中有许多动人的细节，而梅作除第二首"窗冷"一联外，几乎全是对自己心境的白描。只有在将悲伤痛苦冷却一段时间之后，经过过滤的难以忘怀的生活细节才会在比较沉静的头脑中变得鲜明起来，而当时正被伤痛炙灼着的心灵，则是很难想到这些的。梅尧臣在蔡琰《悲愤诗》所谓"见此崩五内，恍惚生狂痴"的时候，对亡者发出了"见尽人间妇，无如美且贤"这种过情之誉，我们完全应当谅解，虽然无必要给以艺术上的肯定。

苏舜钦 （1008—1048）

字子美，铜山（今四川中江县南）人，徙居开封。仁宗景祐元年（1034）进士，知亳州。庆历四年（1044），范仲淹荐为集贤校理、监进奏院，坐用鬻故纸公钱召妓乐会宾客除名，削职为民，流寓苏州，作沧浪亭以自娱，后复官湖州长史，卒。有《苏学士集》十六卷，今存。

中秋夜吴江亭上对月，怀前宰张子野及寄君谟蔡大①

独坐对月心悠悠，　故人不见使我愁。②
古今共传惜今夕，③　况在松江亭上头。④
可怜节物会人意，⑤　十日阴雨此夜收。
不惟人间惜此月，　天亦有意于中秋。
长空无瑕露表里，⑥　拂拂渐上寒光流。⑦
江平万顷正碧色，　上下清澈双璧浮。⑧
自视直欲见筋脉，　无所逃避鱼龙忧。⑨

不疑身世在地上，　只恐槎去触斗牛。⑩

景清境胜反不足，　叹息此际无交游。

心魂冷烈晓不寝，　勉为此笔传中州。⑪

【注释】

① 吴江：即今江苏吴江县。张子野：名先，曾任吴江县令，故称为前宰。宰是县令的古称。君谟蔡大：即蔡君谟，名襄，行大。

② 故人：指张子野、蔡君谟。

③ 惜：爱。

④ 松江：即吴淞江，又名吴江，通称苏州河，是太湖最大的支流。作为水名，吴江、松江就是一水；作为县名，则吴江、松江乃是二县，所以题称吴江亭，诗称松江亭，只是一亭。

⑤ 节物：不同季节所形成的景色。

⑥ 瑕：玉上的疵点，这里指浮云。

⑦ 拂拂：动貌，风吹动的样子。

⑧ 双璧：指互相照映的空中月亮和水中月影。

⑨ 这两句形容月光极其明亮，可以透视人体的筋络血脉以及水中的鱼和龙。

⑩ 这两句形容自己在月光中产生的幻想。古代传说，天河是与海相通的。一个住在海边的人看到每年八月都有浮槎（chá，音茶，木筏）来往，便乘槎而去，到了天河边牛郎织女居住的地方。斗、牛，均星宿名。

⑪ 勉为：勉为其难，谦辞。表示这首诗没有写好。此笔：指本诗。中州：指汴京，蔡君谟所住之地。

【品评】

　　月或月光似乎是我国作家最爱咏叹的事物之一。或诗或文，有长有短，名篇迭出，各擅胜场。如《文选》所载刘宋谢庄《月赋》有云："若夫气霁地表，云敛天末，洞庭始波，木叶微脱。菊散芳于山椒，雁流哀于江濑，升清质之悠悠，降澄辉之蔼蔼。"又唐张若虚《春江花月夜》有云："江流宛转绕芳甸，月照花林皆似霰。空里流霜不觉飞，汀上白沙看不见。"都可算得体物浏亮，刻画入微。陆机《拟古诗·明月何皎皎》中"照之有余辉，揽之不盈手"二句，更若即若离，以少胜多。但在这些名作中，作为物态的月仍只是人情的陪衬，写月色，只是为了寄托离愁。只有苏舜钦这首诗，才以大量的篇幅描写月光。设想奇特，力求生新（如写月光能够穿透事物），使月成为诗的主体。怀贤念友之情，只在首尾略作绾合。正是在这种地方，我们看出了宋人力求避熟就生、推陈出新时所下的功夫和所取得的创作实绩。

淮中晚泊犊头①

春阴垂野草青青，②时见幽花一树明。
晚泊孤舟古祠下，满川风雨看潮生。③

【注释】

① 淮:淮水。 犊头:淮河岸边一地名,今地不详。
② 春阴:春天的阴云。
③ 川:指水流,与指平原者异义。

【品评】

　　诗是有声画,当然绘画艺术所要表现的某些特征如色觉和光觉也会体现在诗中。杜甫《绝句》"两个黄鹂鸣翠柳,一行白鹭上青天",以比较和谐的四种颜色,而王安石佚句"浓绿万枝红一点"则以对照强烈的两种颜色,同样成功地描画出了灿烂的春天,而为世人所爱赏。如韦应物《滁州西涧》有云:"独怜幽草涧边生,上有黄鹂深树鸣。"幽草、深树,都是浓绿,而黄鹂则藏于深树,是难以用视觉见其形,而只有凭听觉闻其声,才知道它的存在的。这里,诗人正是引导我们,在想象中,以听觉补视觉之所不及。再如苏舜钦此诗中头两句,也颇有值得我们思考的地方。在古汉语中,明主要是指光而非指色,由于这树幽花是和阴沉的高天、青碧的平野对衬,则此花可能是白的,也可能是具有较强光感的颜色如粉红的。韦应物诗本写所见,同时也写所闻以补其不足。苏舜钦诗亦写所见,不但注意到了色,而且感受到了光,非细赏不知。

　　韦诗后两句云:"春潮带雨晚来急,野渡无人舟自横。"陈衍以之与苏此诗后两句相比,认为后胜于前,理由是"气势过之"。这位老诗人似乎忽略了两位作者在诗中体现的不同心态。韦应物此时信步徐行,怜幽草,听黄鹂,正处在一种极其安静闲适的心境中。因而即使春潮春雨突然来袭,自也会和那只自横的野渡孤舟一样，处之泰然。而苏舜钦却处在行役途中，沿路胜景固然堪赏，而风雨潮生，孤舟晚泊，想到明日征程，情绪是难以平静的。韦写闲游，苏写旅况，重点既异，给人的印象也自不同，因而很难说这是由于诗篇本身的气势的强弱。

我们认为，理性思维与感性思维是可以互补的。依据具体事物的具体条件所作出的分析，有时可以印证补充或修正从深厚修养中作出来的直觉判断，反之亦然。如以上对陈衍所评论的"气势"的看法，就是一例。

欧阳修 (1007—1072)

字永叔,庐陵(今江西吉安)人,年幼孤贫,母郑氏抚之成人。天圣八年(1030)进士,充西京留守推官。庆历三年(1043),召知谏院,改右正言、知制诰。时范仲淹等因主行新政相继罢去,修上书极谏,亦出知滁、颍等州。后还朝,为翰林学士。嘉祐五年(1060)拜枢密副使,参知政事。熙宁四年(1071)致仕。生平著述丰富,有《欧阳文忠公集》一百五十三卷,今存。

水谷夜行,寄子美、圣俞①

寒鸡号荒林,②　山壁月倒挂。③
披衣起视夜,　揽辔念行迈。④
我来夏云初,⑤　素节今已届。⑥
高河泻长空,⑦　势落九州外。⑧
微风动凉襟,　晓气清余睡。
缅怀京师友,⑨　文酒邀高会。⑩
其间苏与梅,　二子可畏爱。⑪
篇章富纵横,　声价相磨盖。⑫

子美气尤雄，万窍号一噫。⑬

有时肆颠狂，醉墨洒滂沛。⑭

譬如千里马，已发不可杀。⑮

盈前尽珠玑⑯，一一难拣汰。⑰

梅翁事清切，石齿漱寒濑。⑱

作诗三十年，视我犹后辈。⑲

文辞愈清新，心意虽老大。⑳

譬如妖韶女㉑，老自有余态。

近诗尤古硬，咀嚼苦难嘬。㉒

初如食橄榄，真味久愈在。

苏豪以气轹，举世徒惊骇。㉓

梅穷独我知，古货今难卖。㉔

二子双凤凰，百鸟之嘉瑞。

云烟一翱翔，羽翮一摧铩。㉕

安得相从游，终日鸣哕哕。㉖

问胡苦思之，对酒把新蟹。㉗

【注释】

① 水谷：在今河北完县。庆历四年（1044）四月，欧阳修巡视河东

路,秋初返开封,曾过其地。此篇系事后补成。

② 号(háo,音豪):叫。

③ 月倒挂:指月落。

④ 揽辔(pèi,音配):手挽缰绳。指将上马出发。行迈:路途遥远。

⑤ 云:助词,无实义。

⑥ 素节:白色的季节。按照我国古代五行学说,秋为西方,色白,属金。

⑦ 高河:指悬在天空的银河。

⑧ 九州:泛指中国。九州,据《尔雅》,指冀、豫、雍、荆、扬、兖、徐、幽、营九州。

⑨ 缅(miǎn,音免)怀:追想。缅,遥远。京师:指北宋首都汴梁,欧阳修和苏、梅两人当时都在京城。

⑩ 邈(miǎo,音秒):遥远,指从前。

⑪ 可畏爱:犹可敬可爱。古人称值得自己敬佩的人为畏友。

⑫ 这两句指苏、梅创作丰富,而且气势很盛,名声响亮,可互相竞争。相磨盖:彼此互相琢磨,互相盖过。

⑬ 这句用《庄子·齐物论》"大块噫(ài,音爱)会,其名为风。是唯无作,作则万窍怒号"之意。窍:洞穴。噫:吹。

⑭ 醉墨:醉后所写诗稿。滂沛:大水貌。苏舜钦也是位书法名家,尤工草书,故有此句。

⑮ 杀(shài,音晒):减退。这里指奔马减速。

⑯ 玑(jī,音饥):小珠。

⑰ 柬:选择。

⑱ 这两句形容梅尧臣诗的风格清切,犹如寒流冲击河床中尖利的石头。濑(lài,音赖):激流。

⑲ 这是推重梅尧臣的创作成就之辞。事实上,梅比欧只大五岁。
⑳ 这两句是倒文。即年龄虽大,文辞更好。
㉑ 妖韶:同"妖娆",美好。
㉒ 嘬(chuài,音踹):咬,吃。
㉓ 轹(lì,音立):欺压。
㉔ 以上四句是说,两人的文学成就虽然很大,却不为庸俗社会所容,屡遭打击。
㉕ 摧铩(shā,音杀):伤害。
㉖ 哕(huì,音会)哕:凤凰的叫声。
㉗ 这两句点明作诗时的心情和季节。

【品评】

欧阳修是北宋前期的文坛领袖。在他的影响之下,诗歌、古文乃至四六都出现了不同于唐人的新面貌。他的成功显然和他本人的创作成就、思辨能力、宽容态度都有很大的关系。历史证明,文学事业只有在不同流派风格的自由竞争中才有发展。欧阳修在宋初诗人跳不出晚唐圈子的时候,首先发现并大力肯定了与他自己作风并不相同却体现了诗中新貌的苏、梅,而感叹时人对他们还不理解,以致"举世徒惊骇""古货今难卖",这就表现出这位大作家对异量之美的赏析能力和宽容态度。这一点是特别值得我们今天重视和学习的。

《诗话》云:"圣俞、子美齐名于一时,而二家诗体特异。子美笔力豪俊,以超迈横绝为奇;圣俞覃思精微,以深远闲淡为意。各极其长,虽善论者不能优劣也。"这段文字可作为本诗论苏、梅风格的注释。其后魏泰《临汉隐居诗话》指出苏诗"奔放豪健"，梅诗"虽乏高致而平淡有工"，"世谓之苏梅，其实与苏相反"，则显然有所偏爱，不能如欧阳修之既赏苏之豪健，又爱梅之平淡了。杜甫创以诗论诗之体，但多以连章绝句行之，独有《偶题》五言排律二十二韵为长篇。其前七韵指出了有关诗歌发展的历史观点，其后则转入对异乡漂泊、二子失学、家国乱离的感叹。欧阳此诗大体学杜，前写行役之景，后写离别之怀，中间评赞苏、梅，先分后合。其布局经过精心结撰，自比杜甫兴到偶题者为致密。

春日西湖寄谢法曹歌[①]

西湖春色归，　　春水绿于染。
群芳烂不收，　　东风落如糁。[②]
参军春思乱如云，白发题诗愁送春。
遥知湖上一尊酒，能忆天涯万里人。[③]
万里思春尚有情，忽逢春至客心惊。
雪消门外千山绿，花发江边二月晴。
少年把酒逢春色，今日逢春头已白。

异乡物态与人殊,惟有东风旧相识。

【注释】

① 西湖:指许州(今河南许昌)西湖,也是一个风景胜地。谢法曹:谢伯初,字景山,时任许州法曹参军。故诗题称法曹而诗中称参军。
② 这两句是说,灿烂的花朵都被春风吹落,无人收拾,像米饭粒被洒在地上。糁(sǎn,音伞):米饭粒。
③ 天涯万里人:指这时贬官夷陵(今湖北宜昌)的诗人自己。

【品评】

欧阳修晚年退居颍州(今安徽阜阳)。其所撰《诗话》(今通称《六一诗话》)中,载有对谢伯初及有关此诗的追忆。略云:"余谪夷陵时,景山方为许州法曹,以长韵见寄,颇多佳句。有云:'长官衫色江波绿,学士文华蜀锦张。'余答云:'参军春思乱如云,白发题诗愁送春。'盖景山诗有'多情未老已白发,野思到春如乱云'之句,故余以此戏之也。景山诗颇多,如'自种黄花添野景,旋移高竹听秋声''园林换叶梅初熟,池馆无人燕学飞'之类,皆无愧于唐诸贤,而仕宦不偶,终以困穷而卒。"

当然,任何艺术品,当它被创作出来以后,就是一个客观的存在,我们的观赏或评价,首先和终极都将针对它本身的形象而作出。但这并非说,了解它产生的背景和制作它的人是不重要的。知人论世,终究是欣赏和理解任何艺术,特别是语言艺术的关键。从《诗话》中,我们至少知道欧、谢此时都处于牢落江湖,因而同病相怜的心境之中,所以欧得谢寄诗之后,才有这篇婉转关情之作。(谢来诗也载《诗话》,可参看。)

诗的头四句是写想象或传闻中的许州西湖春色。有了这四句。五六句写谢以参军微官,逢天涯春去的惆怅之感,才有着落。七八两句作一转折,由故人之相忆,转入自己之无聊,同样是野思如云,客怀难遣。前后两段,事实上是同心友所见的春景之重叠,和共有的春心之重叠,而衔接无痕,既和谐,又跌宕。诗风俊迈流转,极近李白,而雄伟逊之。

戏答元珍①

春风疑不到天涯, 二月山城未见花。②
残雪压枝犹有橘, 冻雷惊笋欲抽芽。③
夜闻归雁生乡思,④ 病入新年感物华。⑤
曾是洛阳花下客, 野芳虽晚不须嗟。⑥

【注释】

① 戏:嘲弄。元珍:姓丁,名宝臣,时为峡州(今湖北宜昌市西北)判官。诗题意为以自嘲的心情回答丁元珍寄来的诗。
② 天涯、山城:均指夷陵。

③ 冻雷：初春的雷声，传说笋经春雷才破土而出。
④ 乡思（读去声）：怀乡之情。隋薛道衡《人日思归》："人归落雁后，思发在花前。"本诗二五两句暗合薛诗之意。
⑤ 物华：犹物色，泛指美好的景物。
⑥ 这是说自己和丁元珍都曾在洛阳观赏过极负盛名的牡丹，对夷陵野花的迟开无须嗟叹。

【品评】

景祐三年（1036），欧阳修因写信给司谏高若讷，指责他在范仲淹与吕夷简的斗争中不能主持正义，而触怒了朝廷，被贬为夷陵县令。这篇以自嘲来排遣内心苦闷的诗便作于此时。它反映了诗人被迫退出政治斗争旋涡后在平静处境中的寂寞。《宋诗精华录》说此诗"结韵用高一层意自慰。又《黄溪夜泊》结韵云：'行见江山且吟咏，不因迁谪岂能来？'亦是"。但自慰即是自伤，于开朗中见苦闷，读者若未能体会欧阳修此时无可奈何的心情，便被他瞒过了。

万事起头难，诗篇的构成也不例外，所以钟嵘《诗品》特别指出，南齐谢朓"善自发诗端"。王夫之《古诗评选》曾评其"大江流日夜，客心悲未央"为"寥天孤出……复绝千古"，"朔风吹飞雨，萧条江上来"为"发端峻甚，遽欲一空今古"。欧阳修也颇以《戏答元珍》的发端自负。其《笔说·峡州诗说》云："'春风疑不到天涯，二月山城未见花。'若无下句，则上句何堪？既见下句，则上句颇工。文意难评，盖如此也。"此诗别题为《花时久雨之什》，二月已是开花时节，而久雨花迟，故有首句的疑问。初看此句,似乎突兀无根,令人莫名其妙,及读下句,又觉问得有理,实在该问。能在一转手间改变读者的思路,正是它的妙处,所以作者也颇以此自负。全诗写初春景物,刻画工切,也与发端之妙相称。

梦中作

夜凉吹笛千山月,路暗迷人百种花。
棋罢不知人换世,①酒阑无奈客思家。②

【注释】

① 古小说《述异记》载晋时王质携斧入山砍柴,见两童子在下棋。其中一人给王质吃一枚像枣核的东西,就不觉饥饿。等他们下完棋,斧柄都烂了,王质回家时,已经过了一百年。
② 这句写借酒以消乡愁,痛饮之后,乡愁仍在。酒阑:酒喝完了。阑,尽。

【品评】

日有所思,夜有所梦。梦中所见,其实是日间生活的折射。从《古诗十九首》起,诗人们总是不肯将梦境排斥在其诗境之外。《古诗十九首》之十七云:"凛凛岁云暮,蝼蛄夕鸣悲。凉风率已厉,游子寒无衣。锦衾遗洛浦,同袍与我违。独宿累长夜,梦想见容辉。良人惟古欢,枉驾惠前绥。愿得常巧笑,携手同车归。既来不须臾,又不处重闱。亮无晨风翼,焉能凌风飞?眄睐以适意,引领遥相睎。徙倚怀感伤,垂涕沾双扉。"此篇以极朴实的语言,写出了一位思妇由念远而入梦,由梦醒而增悲的全过程。它带有古典诗歌早期的烙印,朴实到近于稚拙,而其在平凡中所显示的深永,却是后人所无法仿效和不能重复的。欧阳修此诗却自辟蹊径,不再实写梦境而凌空着笔,前两句点染梦中所见缥缈朦胧之境,不及世事而自见离怀,第三句喻缘境之无实,第四句写乡愁之难堪。它的布局显然取法杜甫的"两个黄鹂鸣翠柳,一行白鹭上青天。窗含西岭千秋雪,门泊东吴万里船"一诗,以四个各自独立的形象表现一个主题。但杜诗四句全属景物,怀土之情只在言外,而此诗则前景后情,以凄凉而忧郁的韵味将景与情连缀起来。可见欧阳修无意亦步亦趋地追随他伟大的前辈。

赵 抃 (1008—1084)

字阅道,衢州西安(今浙江衢县)人。进士及第,为武安军节度推官,景祐初,为殿中侍御史,弹劾不避豪贵,京师目为"铁面御史",历益州路转运使,加龙图阁学士,知成都府。神宗立,召知谏院,擢参知政事,以大学士复知成都,改知越州、杭州,以太子少保致仕。有《清献集》十卷,今存。

次韵孔宪蓬莱阁[①]

山颠危构傍蓬莱,[②] 水阁风长此快哉![③]
天地涵容百川入, 晨昏浮动两潮来。
遥思坐上游观远, 愈觉胸中度量开。
忆我去年曾望海, 杭州东向亦楼台。[④]

【注释】

① 在别人成诗以后,也和(读去声)一首,其所押之韵与原诗全同,叫作次韵;所押的韵与原作用韵同在一部而次序不同,叫作用其韵而不次,两者又通称和韵。孔宪:指越州(今浙江绍

兴）知州孔延之。宪，官场中对上级或同级的尊称。
② 此句是说蓬莱阁的位置。危构：高耸的建筑物，疑指望海亭。
③ 水阁：指蓬莱阁，建在鉴湖之滨。
④ 原注："杭州有望海楼。"这是诗人说自己去年曾在越州望海亭望海，杭州也同样有望海的条件。

【品评】

　　唐元稹任越州刺史时，有《以州宅夸于乐天》诗，其中有语云："我是玉皇香案吏，谪居犹得住蓬莱。"后人因建蓬莱阁来纪念他。熙宁四年（1071），赵抃由越州改知杭州，遗缺由孔延之继任，因而有诗赠答。

　　此诗第二联成功地表现了作者作为一位正直清廉的政治家的广阔胸襟。陈衍曾以之与孟浩然《临洞庭湖上张丞相》中"气蒸云梦泽，波撼岳阳城"两句及杜甫《登岳阳楼》中"吴楚东南坼，乾坤日夜浮"两句相比，以为胜于孟而可与杜一较优劣。这话固然有见解，但就整体而论，赵诗中显然缺少孟那种用世之心、杜那种忧国之感。全篇表情直率而不沉着，布局整饬而无变化，这与作者为诗工拙随意的创作态度以及这首诗本来就是应酬之作，自然都不无关系。由此也可见，佳句与名篇还是有区别的。我们读诗，既能赏其胜境，复能烛其弱点，则欣赏能力方可不断提高。

李　觏 （1009—1059）

字泰伯，南城（今属江西）人。举茂才异等，不第。倡立盱江书院，从学者甚众。皇祐元年（1049），以范仲淹荐，试太学助教。嘉祐中，召为海门主簿，太学说书。有《盱江集》三十七卷、外集三卷，今存。

忆钱塘江①

昔年乘醉举归帆，②隐隐山前日半衔。③
好似满江涵返照，④水仙齐着淡红衫。

【注释】

① 钱塘江：浙江流经杭州那一段的别名。
② 举：高挂。
③ 日半衔：太阳沉落一半。衔，衔山，与山衔接，即半落。
④ 好似：最好的是。涵：包容。

【品评】

　　写幻觉和写梦境一样,诗人都在努力表现那种若真若幻的感觉。曹植《洛神赋》写在他眼中出现的洛水女神,费了不少笔墨,可谓出色,如"翩若惊鸿,婉若游龙,荣曜秋菊,华茂春松"之类,但最令人叹赏的,还是"凌波微步,罗袜生尘"两句,因为人既不能在水上行走,而且水上更不会生尘。而曹植却将现实中的"罗袜生尘"与幻境中的"凌波微步"相结合,便亦真亦幻,生动表现了女神下凡后在行动上的特色。李觏此诗写人在黄昏时船上醉眼蒙眬中所见,满江白帆经夕阳返照,幻化成了无数身着淡红衫子的水仙。这就非常精确地写出了在特定的时间和空间条件下,不同于正常生活的幻觉或想象,从而创造出新的意境来。再如元人唐温如之《题龙阳县青草湖》下半云:"醉后不知天在水,满船清梦压星河。"银汉横空,星河倒影,醒时已见,这一印象的保留,使得诗人在梦中感到,所乘之船不在青草湖上,而在星河之上。由于星河倒影而梦见船不在水面却在星河之上,是幻。因人居船中,又以为梦境也如人体之有体积重量,可以直接压在船上,间接也就压在星河之上,则更是幻中之幻了。这就比李觏的设想复杂得多。但两诗以真幻交织,亦真亦幻见长,却是一致的。唐温如写得曲折,李觏则写得单纯。单纯永远是一种天然而成熟的美,它往往更难于构成。我们虽不必较量两诗的短长,但应当知道它们同中有异。

柳 永 （约987—约1053）

初名三变，字耆卿，崇安（今属福建）人。少时不拘行检，流连坊曲，以歌词名世。在屡试不第之后，曾在词中表示自己鄙视朝廷赐予的功名利禄之意，触怒了仁宗皇帝。直到景祐元年（1034），才改名应试，登进士第，历任睦州团练判官、定海晓峰场盐官、屯田员外郎等低级官职。有词集《乐章集》，今存。

煮海歌

煮海之民何所营？[①] 妇无蚕织夫无耕。
衣食之源太寥落，[②] 牢盆煮就汝输征。[③]
年年春夏潮盈浦， 潮退刮泥成岛屿；[④]
风干日曝盐味加， 始灌潮波溜成卤。[⑤]
卤浓盐淡未得间， 采樵深入无穷山；[⑥]
豹踪虎迹不敢避， 朝阳出去夕阳还。
船载肩擎未遑歇，[⑦] 投入巨灶炎炎热；
晨烧暮烁堆积高，[⑧] 才得波涛变成雪。

自从潴卤至飞霜,^⑨ 无非假贷充糇粮;^⑩
秤入官中得微值, 一缗往往十缗偿。^⑪
周而复始无休息, 官租未了私租逼;
驱妻逐子课工程,^⑫ 虽作人形俱菜色。^⑬
煮海之民何苦辛, 安得母富子不贫!^⑭
本朝一物不失所,^⑮ 愿广皇仁到海滨。
甲兵净洗征输辍, 君有余财罢盐铁。^⑯
太平相业尔惟盐, 化作夏商周时节。^⑰

【注释】

① 煮海:将海水熬干取盐。 营:经营,谋生。
② 寥落:稀少。
③ 牢盆:煮盐用的盆。 输:交纳。 征:税款。
④ 当时以秋季八月开始熬盐,先将近岸含盐的泥土刮起堆积,像岛屿一般。
⑤ 溜(读去声):流动貌。
⑥ 这两句是说,由于仅用日晒,温度不高,盐卤的含盐量也就不够,只好砍柴烧火加温。 未得间:不合适。
⑦ 未遑:无暇。
⑧ 烁(shuò,音硕):熔化金属。 这里借指烧柴。
⑨ 潴(zhū,音朱):积水。 飞霜:与上句成雪同义,均指白盐的形成。

⑩ 假贷：借债。糇（hóu，音猴）粮：干粮。
⑪ 这两句是说将盐卖给公家，价钱被压得很低，而债务利息却要得极大，往往借一还十。缗：穿铜钱用的绳子，一般以一千个钱穿成一串，称为一缗。
⑫ 课：征收，这里是使其负担的意思。
⑬ 菜色：饥色，饿人的脸色。
⑭ 这句是希望之辞。母子比喻国家和人民。作者希望两方都富。
⑮ 一物不失所：万物各得其所。
⑯ 这两句是说休兵则国富，国富则可取消盐铁专卖，从而提高人民生活。辍（chuò，音绰）：停止。
⑰ 尔惟盐：《尚书·说命》有"若作和羹，尔惟盐梅"之句，即将治国比作烹饪，宰相比作调料。诗篇最后联想起古人这个比喻，希望当时的宰相也能发挥良好作用，使宋朝能变成像夏商周那样的理想时代。

【品评】

柳永是北宋时代成就很高的词人。在词的形式上，小令发展为长调慢词，主要是通过他的创作实践而实现的。将酒边花外男欢女爱的内容有机地融入了晓风残月中羁旅行役的所经所感，从而使词中所表现的景物更加广阔，所发抒的情感更加深沉，则是他在词的内容上的贡献。和其他词人基本上过的是官僚地主生活不同，他是一个江湖浪子，与城市平民有大量的接触，因而市民意识成为柳永的人和作品中不可分割的部分。他在《鹤冲天》词中认为"才子词人，自是白衣卿相""忍把浮名，换了浅斟低唱"。这种对功名利禄的大胆挑战，显然是统治阶级所不能容忍的；而他那种想将从温、韦以来由俗趋雅的词风扭转过来，回雅向俗的创作实践，也同样不能被容忍。这便是多数人对柳永每多贬抑的缘故。他的价值观与传统价值观存在着一定的分歧。

也正由于此，柳永在他短期担任定海盐官时，才能将一般作家视而不见的事物发掘出来。这是宋代少见的一首写手工业工人苦难的诗，可与唐李贺的《老夫采玉歌》比美而更为质朴。由此可见，柳永并不如许多人所想象的，是一位只知道玩乐的风流才子，他同时还是一位对苦难中的劳动人民寄予深刻理解和同情的作家，因而在这方面也是很值得尊敬的。

至于柳永何以用古体诗而不用他所擅长的长调来写这种题材，也是不难理解的。作家们赋予某种内容以某种形式的时候，总是非常注意它们之间的适应性。谁都会为自己找双合脚的鞋，何况敏感过人的作家？

王安石 (1021—1086)

字介甫,临川(今属江西)人。庆历二年(1042)进士。由签书淮南判官迁知鄞县。嘉祐三年(1058),上万言书于仁宗,主改革。神宗熙宁二年(1069)任参知政事,次年,同中书门下平章事。推行新政,创青苗、水利、均输、保甲、免役、市易、方田诸法。为司马光等反对,七年罢相,出知江宁府。八年再相,九年复罢,封荆国公,退居江宁。卒。有《临川集》一百卷,今存。

明妃曲① 二首

明妃初出汉宫时,　泪湿春风鬓脚垂。②
低徊顾影无颜色,　尚得君王不自持。
归来却怪丹青手,③　入眼平生几曾有?
意态由来画不成,④　当时枉杀毛延寿。
一去心知更不归,　可怜着尽汉宫衣。
寄声欲问塞南事,　只有年年鸿雁飞。⑤
家人万里传消息:　"好在毡城莫相忆。
君不见,咫尺长门闭阿娇,人生失意无南北。"⑥

明妃初嫁与胡儿，　　毡车百两皆胡姬。⑦

含情欲说独无处，　　传语琵琶心自知。

黄金杆拨春风手，⑧　弹看飞鸿劝胡酒。

汉宫侍女暗垂泪，⑨　沙上行人却回首：

"汉恩自浅胡自深，　　人生乐在相知心。"

可怜青冢已芜没，　　尚有哀弦流至今。⑩

【注释】

① 明妃：即王昭君（晋人避司马昭讳，改昭为明，后人沿用），汉元帝宫女，容貌美丽，品行正直。元帝召幸宫妃，都要先看她们的画像。王昭君不肯贿赂画师毛延寿，被画得很丑，因此始终见不到元帝。后来匈奴与汉和亲，她请求前往。直至临走时，元帝才看到了她。知道了上述情况，元帝就将毛延寿杀了。昭君到匈奴后，含恨而死。

② 杜甫《咏怀古迹五首》中咏昭君一首有"画图省识春风面"之句。这里的春风即春风面的省称。

③ 归来：回过来。丹青手：画师。

④ 意态：风神。

⑤ 以上四句写昭君远嫁匈奴，仍然热爱祖国，宫衣穿尽，雁信难传，十分悲惨。

⑥ "好在"三句是家人安慰昭君的话。毡城：指匈奴所居之地。游牧民族以毡为帐篷（现名蒙古包）。咫（zhǐ，音只）尺：极言其近。长门：汉别宫名。阿娇：汉陈婴的孙女，武帝的表

妹。武帝小时很爱她,曾说:若得到阿娇,就要做一金屋将她藏起。后来阿娇虽然做了皇后,却因年久失宠,退居长门宫。

⑦《诗经·召南·鹊巢》:"之子于归,百两御之。"写贵族女子出嫁,陪从很多。这里写匈奴派了大队胡姬来接昭君。两:同"辆"。

⑧杆拨:弹琵琶的工具。春风手:形容手能弹出美妙的声音。

⑨汉宫侍女:指陪昭君远嫁的汉宫女。

⑩杜甫诗中有"独留青冢向黄昏"及"千载琵琶作胡语,分明怨恨曲中论"诸句,此用其意。相传昭君墓上的草常青,故名青冢,在今呼和浩特市南。

【品评】

在古代传说中,王昭君是一位为了国家的利益而献身的妇女,又是一位不屑于为了个人地位而丧失品德的人物。所以历代诗人都非常同情地歌咏她。但王安石这两首曾被人误解,受人攻击。朱自清先生在《语文续拾》中,曾对之作了正确而平实的说明,今摘要如下:

其论第一首云:"细读这首诗,王安石笔下的明妃本人,并未离开那'怨而不怒'的旧谱儿;不过'家人'给她抱不平,口气却有点'怒'了。'家人'怒,而身当其境的明妃并没有怒,正见其忠厚之极。这里'一去'两句说她久而不忘汉朝,'寄声'两句说这么久了,也托人问汉朝消息,汉朝却绝无消息——年年有雁来,元帝却没有给她一个字。在国内几年未承恩幸,出宫时虽'得君王不自持',又杀了毛延寿,而到塞外几年,却又未承眷念,她只算白等着。家里的消息却是有的,叫她别痴想了,汉朝的恩是很薄的;当年阿娇近在咫尺,也打下冷宫来着,你惦记汉朝,即便你在汉朝,也还不是失意?——该失意的,在南北都一样,别老惦着'塞南'罢。这是决绝辞,也可以说是恰如其分的安慰语,不过这只是'家人'说说罢了。"

其论第二首云:"就诗论诗,全篇只是以琵琶的悲怨见出明妃的悲怨;初嫁时不用说,含情无处诉,只借琵琶自写心曲。后来虽然弹琵琶劝酒,可是眼看飞鸿,心不在胡而在汉。飞鸿有三义:句子从嵇康《赠秀才入军》诗'目送归鸿,手挥五弦'来,意思却牵涉到《孟子》的'一心以为鸿鹄将至',又带着盼飞鸿捎来消息。这心事'汉宫侍女'知道,只不便明言安慰,唯有暗地垂泪。'沙上行人'听着琵琶的哀响,却不禁回首,自语道:汉朝对你恩浅,胡人对你恩深,古语说得好,'乐莫乐兮新相知',你何必老惦着汉朝呢?在胡言胡,这也是恰如其分的安慰语。这决不是明妃的嘀咕,也不是王安石自己的议论,已有人说过,只是'沙上行人'自言自语罢了。但是青冢芜没之后,哀弦流传不绝,可见后世人所见的还只是个悲怨可怜的明妃;明妃并未变心可知。"

这一事例说明:文义的正确而完整的理解,对于评论是至关重要的,应当以意逆志而不能断章取义。

示长安君①

少年离别意非轻,老去相逢亦怆情。②
草草杯盘供笑语,昏昏灯火话平生。
自怜湖海三年隔,又作尘沙万里行。③
欲问后期何日是,寄书应见雁南征。

【注释】

① 长安君:王安石的大妹,名文淑,工部侍郎张奎之妻,封长安县君。宋制,五品官之母或妻可封县君。
② 怆情:伤心。
③ 嘉祐五年(1060)春,王安石在汴京为三司度支判官,伴送契丹使臣至北境,二月中旬返京。

【品评】

  这是哥哥出差前与妹妹共饭的一席家常话,写得朴实沉着。作家所擅长的刻画手段与清丽作风,在这首叙述骨肉至情的诗中,完全没有展现,也可以说,全用不上了。首联虚写兄妹多年来的离合,哥哥出仕,妹妹结婚,必然使得他们分开,在心灵上产生沉重的负担,而相别三年之后的重逢,也没有给人欢快,徒然增加伤感。王安石写此诗时,才四十岁。《礼记·曲礼上》说:"四十曰强,而仕。"正当强仕之年而自称老,这是宋代有些文人心态老化的一种表现,所以他们常常以老为名,如吕渭老、潘邠老之类,触目可见。次联极语淡情深之妙。在此前的这类诗中,只有杜甫《赠卫八处士》一首可比。杜诗工于铺陈,王诗长于概括,而内容同样丰富,含蕴无穷。三联写相逢又离别,尾联预计后来情事。据雁南征之语,或者文淑不久又将回到张奎当时所在的溢浦(今九江),所以诗人在奉使归来以后,也就无缘再见到他的妹妹,只有靠鸿雁传书来传递亲情了。这和杜诗"明日隔山岳,世事两茫茫"之语,可以互参。

楼 上

荡漾舟中客, 徘徊楼上人。
沧波浩无主,① 两桨邈难亲。②

【注释】

① 沧波:江流。浩无主:形容波涛汹涌,没有定向。
② 这句是指舟中客虽有双桨,却无法与楼上人亲近。

【品评】

　　杜牧《南陵道中》云:"南陵水面漫悠悠,风紧云寒欲变秋。正是客心孤迥处,谁家红袖凭江楼。"红袖凭楼,为的是什么?诗人当然不知。她也许毫无心事，不过看看江景；也许在怀念远人，如柳永《八声甘州》中所说"想佳人妆楼颙望，误几回天际识归舟"。但正在羁旅中的作者，不免起了思家之情。其后苏轼《蝶恋花》中也写道："墙里秋千墙外道。墙外行人，墙里佳人笑。笑渐不闻声渐悄，多情却被无情恼。"与杜牧用意略同。他们都将自己介入了在旅途中偶见的情景，而产生了其来无端的遐想。而王安石诗中的舟中客和楼上人，则只是自己所见的客体。在他同情的笔调下，一对两心相悦的青年因江上风波而耽搁了约会的情事，就非常生动地体现了出来。诗中并无遐想而只有同情，所以不同于杜、苏之作。

唐崔颢的《长干曲》当为王安石这类绝句所从出。在色彩斑斓的感情世界中，寥寥数笔，既备情事，又见丰神。

雪　干

雪干云净见遥岑，^①南陌芳菲复可寻。^②
换得千颦为一笑，^③春风吹柳万黄金。^④

【注释】

① 遥岑：远山。
② 南陌：南郊。芳菲：花草的香气，这里即指花草。

③ 颦（pín，音频）：皱眉，表示忧愁。
④ 万黄金：形容数不清的初生柳叶所呈现的淡黄色。

金陵即事① 三首选一

水际柴门一半开，小桥分路入青苔。
背人照影无穷柳，隔屋吹香并是梅。

【注释】

① 金陵：南京古名。即事：就眼前有所触发的景物写诗，又称即兴。

北陂杏花①

一陂春水绕花身，身影妖娆各占春。②
纵被东风吹作雪，绝胜南陌碾成尘。③

【注释】

① 北陂：当是小地名。
② 妖娆：娇媚。
③ 绝胜（读平声）：远比……为好。

【品评】

　　这三篇七绝诗都是写春天景物的。第一篇着重咏柳，第二篇合咏柳梅，第三篇专咏杏花。但在写法上各呈特色。

　　写柳，先从雪干雪净着笔，这显示严寒已经过去，明媚和暖的春天已经到来，千花百草都复苏了，人也就萌发了游兴。在南陌游踪中，诗人独钟情于初生的柳叶。古人多以柳叶比喻女子的眉毛，而他却反过来，以女子的眉毛比喻柳叶。千颦，指在漫长的冬天里，柳叶不能生长。一笑，指到了春天，柳叶一齐舒展。设想奇特，而又合于情理。

　　合写柳梅，先写周遭景物，与上首相同，而上首背景阔大，本首只及眼前，又自不同。所写之柳，为叶已尽舒之柳；梅，为正在盛开之梅，显示了已到浓春。也与上首有异。后半对结，柳则背人照影，梅则隔屋吹香，似是有意与观赏者保持着距离，从而赋予了它们以现实生活中有些羞怯的少女形象。

　　写杏花，是写临水的，所以岸上花身与水中花影同时出现在诗人笔下。王安石别有《杏花》五古云："石梁度空旷，茅屋临清炯。俯窥娇娆杏，未觉身胜影。嫣如景阳妃，含笑堕宫井。怊怅有微波，残妆坏难整。"也通篇写临水杏花，侧重花影，而不着一

"水"字,极工巧,极情韵,可以用来补充本诗。至于本诗后两句,作者用杏花的高洁来比喻自己不愿同流合污的刚强性格,则是非常明显的。

送和甫至龙安,微雨,因寄吴氏女子[①]

荒烟凉雨助人悲,泪染衣襟不自持。[②]
除却春风沙际绿,一如看汝过江时。

【注释】

① 和甫:作者的弟弟安礼的字。龙安:即龙安津,在江宁(今南京)城西二十里。吴氏女子:嫁给吴家的女儿。王安石的长女嫁给吴安持,封蓬莱县君,能诗,曾与其父唱和。
② 不自持:不能控制自己。

【品评】

作者别有《泊船瓜洲》云:"京口瓜洲一水间,钟山只隔数重山。春风又绿江南岸,明月何时照我还。"据洪迈《容斋续笔》,第三句原为"春风又到江南岸",后来他将"到"字改为"过""入""满"等字,都觉不妥,改了十多次,才定为"绿"字。这是王安石作诗讲究修辞的一个著名例子。这一"绿"字,的确很形象地写出了春风对于植物变绿的催化作用。但细加比较，却还不如本篇"除却春风沙际绿"的"绿"字。因为在那句中，春风与绿色究竟是两样东西。诗写由于春风，江南岸变绿了。与贺知章"二月春风似剪刀"、王安石自己的"春风吹柳万黄金"思路相同。而这句则写出并非春风能使草木呈现绿色，而是春风本是绿色。因此它吹到之处，就无往而非绿色了。以为春风是有色的，这是诗人工参造化处。本诗写在《泊船瓜洲》之后约十余年，虽是将得意话再说一遍，但并非简单的重复。杰出的诗人不希望重复别人，伟大的诗人则是进一步力求不重复自己。

王安石诗有用典过僻、议论太多的毛病，但总的来说，瑕不掩瑜，终究是一位成就很高的诗人。叶梦得《石林诗话》云："王荆公少以意气自许，故诗语惟其所向，不复更为含蓄。晚年始尽深婉不迫之趣。"吴之振《宋诗钞》云："荆公诗精严深刻，皆步骤老杜所得，而论者谓其有工致，无悲壮，……余以为不然。安石遣情世外，其悲壮即寓闲澹之中。"这都是极有见解的话。读者如果能注意王诗晚作和少作、今体和古体风味各有不同，自能识得其真面目。

王 令 (1032—1059)

字逢原,江都(今扬州)人。五岁时父母皆亡,而力学自立,授徒为业。识度高远,才思奇逸,王安石激赏之,以夫人吴氏之从妹嫁之。刘敞等亦皆推服。早卒。所著《广陵先生文集》三十卷,今存。

暑旱苦热

清风无力屠得热, 落日着翅飞上山。①
人固已惧江海竭, 天岂不惜河汉干?②
昆仑之高有积雪,③ 蓬莱之远常遗寒。④
不能手提天下往, 何忍身去游其间!

【注释】

① 这句形容太阳不肯落下。
② 河汉:银河。
③ 昆仑:山名。古代神话中为西王母所居。

④蓬莱：古代神话中的仙岛。遗：留存。

【品评】

　　古代儒家思想的精髓在于仁。"仁者爱人"，所以应当努力做到"推己及人""兼济天下"。王令在本诗中指出：昆仑、蓬莱尽管是仙境中的清凉世界，但如果不能使天下人都脱离火坑，那么自己个人又怎能忍心去享受呢？这就是他服膺儒学的表现。与之同时的韩琦，作为一位杰出的政治家，在《苦热》诗中，也写道："尝闻昆阆间，别有神仙宇，……吾欲飞而往，于义不独处。安得世上人，同日生毛羽。"虽气势逊于王作，而用意相同。黄季刚师的绝笔诗《九日独吟》云："秋气侵怀正郁陶，兹辰倍欲却登高。应将丛菊沾双泪，漫借清尊慰二毛。青冢霜寒驱旅雁，蓬山风急抃灵鳌。神方不救群生厄，独佩萸囊未足豪。"1935年正是日本帝国主义对我国进行疯狂侵略的时候，这位曾经献身于辛亥革命的爱国学者的满腔忧愤，希望挽救祖国和人民的心情，跃然纸上，也与王、韩两诗思路一致而更加富于现实意义。因为自然界的苛刻和侵略者的虐杀奴役，当然是有区别的。

　　王令和李贺一样，都是生命短促可是文学创作颇有成就的作家。艺术构思奇特，富于创造性，是二人所同。如本诗第一二两句，就与李贺相近。清风无力降温和夕阳还未落山，本属常见，但在诗人笔下写成现在这个样子，就很不寻常了。可惜他们的生命过于短促，以致其成就受到局限。这是我国文学史上无可补偿的损失。

晁端友 (1029—1075)

字君成,巨野(今属山东)人,无咎之父,叶梦得之外祖。为苏轼、黄庭坚所称许。进士及第,历知上虞、杭州新城县。有《新城集》,今佚。

宿济州西门外旅馆①

寒林残树欲栖乌,壁里青灯乍有无。②
小雨愔愔人不寐,③卧听疲马啮残刍。④

【注释】

① 济州:即巨野。
② 这句指壁上灯光忽明忽暗。
③ 愔(yīn,音音)愔:犹默默,安静貌。
④ 刍(chú,音除):草料。

【品评】

　　叶梦得《石林诗话》载黄庭坚曾经告诉晁无咎,其《六月十七日昼寝》"红尘席帽乌靴里,想见沧洲白鸟双。马龁枯萁喧午枕,梦成风雨浪翻江"一诗的后半乃是由晁端友此诗的后半而来。叶梦得当时不懂风雨翻江的意思。一天,他在旅途中休息,听到旁边屋子里有声如风浪打船,起来一看,乃是马在槽中吃和水的草料时所发出的,才懂得了。他认为这只是黄庭坚的好奇,又说:"然此亦非可以意索,适相遇而得之也。"按任渊注黄诗云:"闻马龁草声,遂成此梦也。《楞严经》曰:'如重睡人,眠熟床枕,其家有人,于彼睡时,捣练舂米,此人梦中闻舂捣声,别作他物,或为击鼓,或为撞钟。'此诗略采其意,以言江湖之念深,兼想与因,遂成此梦。"可见古人早已注意到生活中有此情事,所以不能说黄庭坚只是为了追求奇幻,无中生有,凭空捏造。虽然同是马在吃草,醒时所闻与梦中所闻,反应自是不同,因此所写也必然有异。叶梦得认为黄庭坚将梦境写成这样,只是为了好奇,而袁枚《随园诗话》又进一步加以优劣,谓晁诗为"静中妙境",黄诗"落笔太狠,便无意致",似乎都没有注意到两诗一写醒,一写梦,本来就不一样,因此不免以意爱憎。

苏 轼 (1037—1101)

字子瞻,眉山(今属四川)人。嘉祐二年(1057)进士,任福昌县主簿、大理评事、签书凤翔府节度判官,召直史馆。神宗元丰二年(1079)知湖州时,以讪谤系御史台狱,三年贬黄州团练使,筑室于东坡,自号东坡居士。后量移诸州。哲宗元祐元年(1086)还朝,为中书舍人,翰林学士,知制诰。九年,又被劾奏讥斥先朝,远贬惠州、儋州。元符三年(1100),始被召北归,次年卒于常州。著有《东坡全集》一百十五卷,今存。

庐山二胜二首

开先漱玉亭①

高岩下赤日,深谷来悲风。
擘开青玉峡,飞出两白龙。②
乱沫散霜雪,古潭摇清空。
余流滑无声,快泻双石谼。③
我来不忍去,月出飞桥东。

荡荡白银阙,沉沉水精宫。④

愿随琴高生,脚踏赤鲩公。⑤

手持白芙蕖,跳下清泠中。⑥

【注释】

① 开先:佛寺名,南唐中主李璟所建,在庐山南麓星子县境内。
② 这两句形容瀑布流过寺前青玉峡后,分为两股。
③ 谼(hóng,音洪):大山沟。
④ 这两句写月光下所见寺、亭和瀑布。
⑤ 琴高:传说中的一位水仙,曾骑红色鲤鱼游戏人间。生:先生。古汉语中先生这一尊称也可单称先或生。赤鲩(huàn,音患)公:鲤鱼的尊称。段成式《酉阳杂俎》载:唐朝因皇帝姓李,李、鲤同音,所以尊鲤鱼为赤鲩公,不准捕捉。卖鲤鱼的,判刑,打六十棍。
⑥ 芙蕖:又称芙蓉、荷花。李白《庐山谣寄卢侍御虚舟》:"遥见仙人彩云里,手把芙蓉朝玉京。"清泠(líng,音零):水名,见《山海经》,这里借指开先瀑布。

栖贤三峡桥①

吾闻太山石,积日穿线溜。②

况此百雷霆，万世与石斗。

深行九地底，③险出三峡右。④

长输不尽溪，欲满无底窦。⑤

跳波翻潜鱼，震响落飞狖。⑥

清寒入山骨，草木尽坚瘦。⑦

空濛烟霭间，颎洞金石奏。⑧

弯弯飞桥出，潋潋半月彀。⑨

玉渊神龙近，⑩雨雹乱晴昼。

垂瓶得清甘，可咽不可漱。

【注释】

① 栖贤：谷名，在庐山南五老峰与汉阳峰之间。作者之弟辙《庐山栖贤堂记》有云："谷中多大石，岌嶪相倚。水行石间，其声如雷霆，……行者震掉，不能自持。虽三峡之险不过也。故其桥曰三峡。"

② 汉枚乘在一封上吴王濞的信中说："太山之雷（同'溜'）穿石，……水非石之钻，……渐靡使之然也。"这也就是俗话说的"水滴石穿"。线溜：像线一般细的水流。

③ 九地：地的最低处。九非实数，只是用以形容事物之最。

④ 这句是说栖贤之险过于长江三峡。春秋时，中原尚右，楚人尚左。汉以来也是以右为尊、为胜。

⑤ 窦：洞。
⑥ 飞猱（yòu，音右）：行动如飞的猱。猱，猴类动物。
⑦ 这两句写草木在石缝中生长。山骨：指石。
⑧ 澒（hòng，音讧）洞：这里指水势汹涌之貌。金石奏：古人以制造乐器的原材料为依据区分乐音，称金、石、丝、竹、匏、土、革、木为八音。此言水声如奏金石之乐。
⑨ 潋（liàn，音练）潋：水波相连貌。彀（gòu，音够）：拉弓，这里指桥身映水，如弓形的半月。
⑩ 玉渊：潭名。栖贤谷中的水就流入这潭里，传说其中有龙。

【品评】

《庐山二胜》总题下有小序云："余游庐山，南北得十五六，奇胜殆不可胜（读平声）纪，而懒不作诗，独择其尤佳者作二首。"庐山，古往今来的诗人、画师不知道为它消耗了多少心灵和彩笔。苏轼来游，一方面认为它"奇胜殆不可胜纪"，一方面又"独择其尤佳者作二首"，这就显示了他在选择题材和主题时，注意到了避免和前人相犯，这也就是在考虑如何推陈出新的问题。可是在落笔的时候，他写的恰是开先瀑布与栖贤激流，都是水，而且都是庐山之水。这，又是故意和自己相犯了。可是，如我们所看到的，这两篇诗写得富于独创性。前篇前半从虚处落笔，对瀑布没有作过多的正面刻画；后半由虚转幻，化人间为仙境。在自己久谪黄州，至此环境略有改善，而前途仍然未卜的时候，诗人产生这种出尘之想，是完全可以理解的。后篇主要是正面刻画了激流之险以及自己与之相适应的广阔胸襟。观物既工，造语尤妙。其中如"清寒入山骨，草木尽坚瘦"之写高山植物，真可谓体物浏亮，前无古人。这两篇互相衔接,可又各开生面。我们知道,在艺术创作中,不重复别人固然难,不重复自己则更难。作为北宋文坛领袖,苏轼既考虑到避免和前人相犯,却又敢于故意和自己相犯。这正是一件事的两面,给人若干启发。

凤翔八观①八首选一

王维吴道子画②

何处访吴画, 普门与开元。③
开元有东塔, 摩诘留手痕。④
吾观画品中, 莫如二子尊。
道子实雄放, 浩如海波翻。
当其下手风雨快, 笔所未到气已吞。
亭亭双林间,⑤ 彩晕扶桑暾。⑥
中有至人谈寂灭,⑦ 悟者悲涕迷者手自扪。⑧
蛮君鬼伯千万万, 相排竞进头如鼋。⑨
摩诘本诗老,⑩ 佩芷袭芳荪。⑪

今观此壁画，　　　亦若其诗清且敦。⑫
祇园弟子尽鹤骨，心如死灰不复温。⑬
门前两丛竹，　　　雪节贯霜根。⑭
交柯乱叶动无数，⑮一一皆可寻其源。
吴生虽妙绝，　　　犹以画工论。⑯
摩诘得之于象外，⑰有如仙翮谢笼樊。⑱
吾观二子皆神俊，⑲又于维也敛衽无间言。⑳

【注释】

① 凤翔：今属陕西省。八观：犹八景。嘉祐六年（1061）冬，苏轼任凤翔府判官。《凤翔八观》即作于任内。

② 王维：字摩诘，太原（今属山西）人，唐代仅次于李、杜的大诗人，亦工绘事，尤精山水。吴道子：阳翟（今河南禹州）人，唐大画家，为玄宗所赏拔，为改名道玄。

③ 普门与开元：即普门寺和开元寺，均在凤翔。

④ 手痕：手迹。

⑤ 亭亭：耸立貌。双林：两株树，特指吴画中那两株娑罗树。相传佛教创建人释迦牟尼在灭度（死亡）前，曾在天竺（印度）拘尸那城娑罗双林下说法。

⑥ 彩晕（yùn，音运）：灿烂的光辉。扶桑：古代神话中的日出处。暾（tūn，音吞）：太阳升起。

⑦ 至人：至高无上的人，指释迦牟尼。寂灭：指佛教超脱生死的教义。

⑧ 手自扪：自己以手抚胸，表示还未理解。
⑨ 蛮君：指天竺的君长。鬼伯：犹鬼王。鼋：鳖类动物，头能伸缩。相传佛灭度时，信徒不分人鬼，都来听法致敬。
⑩ 诗老：老诗人，尊称。
⑪ 此句形容王维诗风秀美，如佳人之佩香草。佩、袭：穿戴。芷、荪：均为香草名。
⑫ 清且敦：风格清秀而又浑朴。
⑬ 祇（qí，音齐）园弟子：指佛徒。祇园是释迦牟尼另一说法处祇树给孤独园的简称。鹤骨：形容人的清瘦。这两句是说画家不仅写出了佛徒们外形的清瘦，也同时画出了他们内心的孤寂。
⑭ 雪节、霜根：形容竹子所具的清劲品格，不是指其颜色。
⑮ 交柯：枝叶互相交叉。
⑯ 论：读平声。
⑰ 象外：形象以外的精神。
⑱ 仙翮（hé，音核）：仙鸟。翮本指鸟羽的茎状部分，此以代鸟。谢：离开。樊：篱笆。
⑲ 神俊：精神饱满，气势飞扬。
⑳ 也：古人缀在单名后的虚字，无实义。如李白称白也，杜甫称甫也，王维称维也。敛衽：对人整理衣襟以表尊敬。无间言：没有异议。

【品评】

邵博《邵氏闻见后录》云："凤翔开元寺大殿九间，后壁吴道子画。自佛始生，修行，说法至灭度，山林、宫室、人物、禽兽数千万种，极古今天下之妙。"拿邵博与苏轼之作对照，我们不独可以看出邵为纪实之文，苏乃咏物之诗，因此繁简有别，而且苏诗所描摹的，正是这幅大壁画上最令人关注的情节，即佛灭度前说法的一幕。而对王维的画，则写人简而深，仅及佛弟之清癯而内心的孤寂自见；写竹明而切，繁枝乱叶似乎都在摇动，但其脉络清晰，仍可一一寻源，也正抓住了画竹的特征。这首诗是苏轼早期的杰作之一，布局于整齐中见变化，风格于清新中含浑厚（也就是他所说的"清且敦"），而且还善于把握事物中具有典型性的细节。这些，不但体现了诗人的创作能力，也体现了他的鉴赏水平。

以宗教为题材的艺术品，是中国文化遗产中的一个重要部分。这些作品，固然意在宣传宗教，但同时也是艺术家艺术地认识生活并再现生活的成果。如这篇诗描写的王维和吴道子所绘制的壁画，其情节故事虽然是宗教的，但画面所呈现的风格却是雄放、绚烂、清新、浑朴的，其艺术构思所表达的生活真实是引人入胜的。在古典作品当中，类似情况很多，不可轻率否定。

游金山寺[①]

我家江水初发源，宦游直送江入海。[②]
闻道潮头一丈高，天寒尚有沙痕在。[③]
中泠南畔石盘陀，[④]古来出没随涛波。

试登绝顶望乡国，江南江北青山多。
羁愁畏晚寻归楫，⁵山僧苦留看落日。
微风万顷靴纹细，断霞半空鱼尾赤。⁶
是时江月初生魄，⁷二更月落天深黑。
江心似有炬火明，飞焰照山栖鸟惊。⁸
怅然归卧心莫识，非鬼非人竟何物？
江山如此不归山，江神见怪惊我顽。⁹
我谢江神岂得已，ⁱ⁰有田不归如江水。ⁱ¹

【注释】

① 金山在今江苏镇江北。宋时还是长江中一小岛，因泥沙淤积，今已和南岸相连。寺在山上，旧名泽心，真宗初改名金山寺。
② 古人没有找到江源，都认为四川岷山是长江的发源地。苏轼是四川人，这时正要赴杭州做官，途经镇江。长江流到镇江一带，水面宽阔，古称海门，所以这么说。
③ 苏轼以熙宁四年（1071）十一月游金山，冬天水落，故就眼底沙痕，想见潮头之高。
④ 中泠（líng，音零）：泉名，在金山西北。石盘陀：指金山。盘陀，石大而多之貌。
⑤ 羁愁：旅愁。归楫（jí，音及）：回到镇江的船。楫，桨，代指船。
⑥ 这两句上写江水微波，下写落霞返照。

⑦ 生魄：有月叫生魄，无月叫死魄。魄，也写作"霸"。苏轼游金山看落日的那天，正是初三，故云。
⑧ 原注："是夜所见如此。"有些水生生物，身上能发出强光，苏轼所见到的也许就是这类生物。炬：火把。
⑨ 顽：顽固。
⑩ 谢：告诉。
⑪ 如江水：古人的一种誓词。苏轼指江为誓，告诉江神，他之所以未能弃官还乡，只因无田可耕，迫不得已。

【品评】

宋神宗熙宁初年，正是王安石受到重视，其变法主张得以推行的时候。在政治上与王安石有歧见的苏轼被人诬陷，不安于在京工作，便请求外调，出任杭州通判。此诗便作于路过镇江之时。诗中的思乡之情，乃是受到一些打击，心中不无抑郁的反映。在古代诗歌中，怀归和失意两种感情常常是联系在一起的。

诗题为游寺，通篇寓情于景。其写蜀人远宦，写冬季来游，写金山特色，写登山望乡，都很分明。以下转入山僧留看落日，但以"微风"二句略作形容后，便将难见之江中炬火代替了常见之江干落日，从而抒其所见所感。至于炬火是否江神示意，则更不加以说明，留供读者推想。起结遥相呼应，不可移易地写出了蜀士之远游，而中间由泛述金山，进而写傍晚江干断霞，深夜江中炬火。笔次骞腾，兴象超妙，而依然层次分明。此诗之不可及处或在于此。

法惠寺横翠阁①

朝见吴山横,　　暮见吴山从。②

吴山故多态,　　转侧为君容。③

幽人起朱阁,④　　空洞更无物。

惟有千步冈,　　东西作帘额。⑤

春来故国归无期,人言秋悲春更悲。⑥

已泛平湖思濯锦,⑦更看横翠忆峨眉。⑧

雕栏能得几时好,不独凭栏人易老。

百年兴废更堪哀,悬知草莽化池台。⑨

游人寻我旧游处,但觅吴山横处来。

【注释】

① 法惠寺：故址在今杭州清波门外，本名兴庆寺，五代时吴越王钱氏所建。
② 吴山：一名胥山，又名城隍山，在今杭州市内西南角。从：古通"纵横"之"纵"。它作"纵"字用时，应读棕。这里因与下文容字押韵，仍读丛。
③ 故：本来。转侧：即辗转反侧，不断挪动位置。为君容：为你而打扮。
④ 幽人：高人雅士，这里指法惠寺的和尚。朱阁：一般寺庙都以

红漆涂饰，所以称为朱阁。这里指横翠阁。

⑤ 千步冈：指白天所见横在眼中的吴山。帘额：门窗上挂的帘子，悬在上端，有如人额。

⑥ 人言秋悲：战国时宋玉在《九辩》中所说的"悲哉！秋之为气也"，即此所指。

⑦ 泛：乘船。平湖：风平浪静的湖，此指西湖。濯锦：即蜀江。传说锦在蜀江中洗濯后颜色特鲜，故蜀江又名濯锦江，简称锦江。

⑧ 看：这里读平声。峨眉：山名，在今四川峨眉山市西南。

⑨ 悬知：预知。草莽化池台：即池塘化为草莽。

【品评】

此诗前半首先写诗人多次从寺中登阁，远眺吴山，因光照的明暗不同，白天看到它蜿蜒地横在眼前，而黑夜中则视线模糊，看不周全，但见高处，所以觉其非横列而系纵立。作者《题西林壁》云："横看成岭侧成峰"，与此相似，可以互证。不过同是看出山形之变化，此篇是由于时间之有异，而彼篇则因为角度之不同而已。接着，在诗人想象中，吴山被人格化了。她犹如一位佳人，女为悦己者容，所以便在各种不同的时间、不同的角度中，为能够爱赏她的人，作出千姿百态。作者《和何长官六言次韵》云："青山自是绝色，无人谁与为容？"又《次韵答马中玉》云："只有西湖似西子，故应宛转为君容。"均与此诗同意。以下由写山进而写阁和建阁的人，却不从正面落笔。横翠阁自非一座空屋，说它空洞无物，乃是赞美建阁人虽然修起了这座美好的阁子，其中当然也有陈设，但并不影响他之无挂无碍，四大皆空。所以只余有情的青山横列阁外,似为之装饰而已。

诗的后半作者由于观赏杭州春天的美好景色,更加怀想难以回归的家乡。又由朱阁雕栏之易朽,想到光阴之短促,生命之无常,而致慨于若干年后,不仅自己早已去世,横翠阁也当不复存在。后人来游,恐怕只能找到仍然横列的吴山了。情致缠绵,有余不尽。

从布局上看,此诗前八句,五言,侧重写景;后十句,七言,侧重写情。前十二句,四句一转韵;中隔以"雕栏"二句,复以四句转一平韵为收,于整齐中见变化,而且声情相应。思乡的悲凉之感与处世的旷达之怀达到了巧妙的平衡。它与欧阳修《春日西湖寄谢法曹歌》的思路和风格都很接近。苏轼是欧阳修文学事业出色的继承人。从这些地方可以看出欧苏师弟诗学的传承关系。

荔支叹①

十里一置飞尘灰,五里一堠兵火催。②
颠坑仆谷相枕藉,③知是荔支龙眼来。④
飞车跨山鹘横海,⑤风枝露叶如新采。
宫中美人一破颜,惊尘溅血流千载。⑥

永元荔支来交州,⑦ 天宝岁贡取之涪。⑧

至今欲食林甫肉,⑨ 无人举觞酹伯游。⑩

我愿天公怜赤子,⑪ 莫生尤物为疮痏。⑫

雨顺风调百谷登,⑬ 民不饥寒为上瑞。⑭

君不见:武夷溪边粟粒芽,前丁后蔡相笼加。⑮

争新买宠各出意,今年斗品充官茶。⑯

吾君所乏岂此物,致养口体何陋耶?⑰

洛阳相君忠孝家,可怜亦进姚黄花。⑱

【注释】

① 本篇是为历代进贡荔枝这类弊政而发出的嗟叹,故名。
② 置:驿站,差官歇脚换马的地方。飞尘灰:指人马奔驰,尘土远扬。堠(hòu,音后):古代记里程的土堆,这里也借指驿站。兵火催:形容赶路紧迫,有如兵火。
③ 颠、仆:摔倒。枕藉:死伤的人相枕而卧,倒在一起。
④ 龙眼:桂圆。历朝进贡,主要是荔枝,但汉代曾两物同贡。
⑤ 飞车:古代神话中的飞车。鹘:这里指一种快船。进贡荔枝,都用快马驿递。飞车既非世间所有,进贡也不用水运,所以这句只是说明为了早日送到荔枝,不惜想尽一切办法。
⑥ 这两句是说为了博得美人的欢喜,情愿让人民遭殃。多年以来,莫不如此。破颜:一笑。
⑦ 永元:东汉和帝年号(89—105)。和帝时,交州(今广东、广

西南部）进贡荔枝龙眼，十里一置，五里一堠，差人或因奔命致死，或被猛兽伤害。临武（今属湖南）长唐羌，字伯游，据实呈报，和帝便取消了这一弊政。

⑧ 天宝：唐玄宗年号（742—756）。涪（fú，音扶）：涪州，今属四川。

⑨ 林甫：姓李，天宝时代的奸相，一意逢迎，对进贡荔枝的事毫不劝阻，所以人民恨不得吃他的肉。

⑩ 觞（shāng，音商）：一种酒器。酹（lèi，音肋）：将酒倒在地上，古代的一种祭仪。这是说，未见后人纪念唐羌。

⑪ 赤子：初生婴儿皮肤为红色，故称。这里代指老百姓。

⑫ 尤物：特别美好的东西，如荔枝、龙眼及下文提到的斗品茶、牡丹等。疮痏（wěi，音尾）：疮疤，这里代指祸害。

⑬ 登：丰收。

⑭ 上瑞：最大的祥瑞。

⑮ 武夷：山名，在福建，著名的产茶区。粟粒芽：初春的芽茶，小如粟粒，极珍贵。丁：丁谓，真宗时曾任宰相，封晋国公。蔡：蔡襄，字君谟，以有风节著称，官至端明殿学士，曾著《茶录》。作者自注云："大小龙茶，始于丁晋公，而成于蔡君谟。欧阳永叔闻君谟进小龙团，惊叹曰：'君谟，士人也。何至作此事？'"笼加：争求茶的佳品，以期超过对方。笼，本指采茶用的竹笼，这里引申为搜求。

⑯ 斗品：可供比赛的精品。官茶：向官家进贡的茶。宋代士大夫有斗茶的风俗，各出所得名茶，共同品尝，较其高下。

⑰ 致养口体：《孟子·离娄》中曾说，奉养父母应当养志（随顺其心意）而不应只注意养口体（供应丰富的物质享受）。何陋耶：多么庸俗啊。古人视君臣如父子，所以这么说。

⑱ 洛阳相君：指钱惟演。他父亲吴越王俶主动归降宋朝，被太

宗称赞为"以忠孝而保社稷",所以说他是忠孝家。可怜:可惜。钱惟演晚年以使相留守西京洛阳时,曾将该地最著名的牡丹姚黄(最初由姚姓培养出来的一种黄色大花)进贡仁宗。

【品评】

《尚书·洪范》:"惟辟(君王)作福,惟辟作威,惟辟玉食。"历代统治者都认为自己政治上的威权和生活上的享受是应当成正比的。所以从古以来便有为他们提供远方珍物的进贡制度,而一切有良知的人也都没有例外地对这种额外需索加以谴责。绍圣二年(1095),苏轼贬官惠州(今广东惠州),初次吃到荔枝,既惊叹其美味,也不能不同时想到地方官向皇帝进贡这种尤物给人民带来的灾祸。唐人咏歌杨贵妃的诗很多,也颇有同情她的不幸结局的,但凡提及为了她的喜爱而贡荔枝的事,却同声控斥。杜甫《解闷》云:"侧生野岸及江蒲,不熟丹宫满玉壶。云壑布衣鲐背死,劳人害马翠眉须。"杜牧《过华清宫》云:"长安回望绣成堆,山顶千门次第开。一骑红尘妃子笑,无人知是荔枝来。"苏诗中"宫中"二句,显然是受了大小杜的启发,才写得同样惊心动魄。诗中首十二句写汉唐贡荔枝之扰民,继以四句作议论,贯通前后。然后由古及今,感叹不但前代弊政未革,又复花样翻新,虽忠孝贤王风节文士也有贡茶贡花之事,以见这项弊政,有增无减。诗简虽若叹古,实则讽今。不及贡茶贡花之扰民,而其扰民与贡荔枝无异,自在言外。

有美堂暴雨①

游人脚底一声雷,满座顽云拨不开。②
天外黑风吹海立,浙东飞雨过江来。
十分潋滟金尊凸,③千杖敲铿羯鼓催。④
唤起谪仙泉洒面,⑤倒倾鲛室泻琼瑰。⑥

【注释】

① 有美堂:嘉祐二年(1057),梅挚出知杭州,仁宗皇帝亲自赋诗送行,中有"地有吴山美,东南第一州"之句。梅到杭州后,就在吴山顶上建有美堂以见荣宠。欧阳修曾为他作《有美堂记》。
② 顽云:犹浓云。
③ 潋滟(yàn,音艳):水满貌。凸(tū,音突):高出。
④ 敲铿:啄木鸟啄木声,这里借指打鼓声。羯(jié,音竭)鼓:羯族传入的一种鼓。
⑤ 谪仙:被贬谪下凡的仙人,指李白。贺知章曾赞美他为"谪仙人"。唐玄宗曾谱新曲,召李白作词。白已醉,以水洒面,使之清醒后,即时写了多篇。
⑥ 鲛室:神话中海中鲛人所居之处,这里指海。琼瑰(guī,音规):玉石。

【品评】

此诗通首描写暴雨,而前半篇与后半篇用的是两种手法。用传统的术语来说,是前赋后比。首联非常形象地写出了雨前一刹那的气氛。在拨不开的浓云堆积低空的时候,一声炸雷从云中钻出来了,预示暴雨即将来临。次联,三句是想象,四句是亲见。杜甫《朝献太清宫赋》有云:"九天之云下垂,四海之水皆立。"苏轼在此时不能不想到他敬爱的前辈所创造的这联惊人奇句,而随风而至的雨却已从东飞来,自然凑泊。在诗的后半,作者接连用了几个比喻来形容这场暴雨。一写雨势之豪,竟如金杯中斟满的酒高出了杯面,二写雨声之急,竟如羯鼓被千支鼓杖赶着打击,充满敲铿之声。也许苏轼当时正在有美堂宴饮,筵中有鼓乐,所以见景生情,因近取譬。但诗人飞腾的想象并没有到此为止,他忽然想到他的另一位敬爱的前辈李白的故事。这一场暴雨也许是老天爷为了使醉中的李白迅速清醒,好写出更多气势如翻江倒海的诗篇,所以特地将雨洒在他的脸上吧。从而充分地表达了他的内心活动。

暴雨是人人都经历过的,但只有诗人,才能够将生活中这种常见的、但又稍纵即逝的景物赋予永恒的意义,从而显示了它的内在美。但必须注意的还在于苏轼写的是在一座近海城市山上看到的暴雨,而不是在其他地方看到的;同时,他写的是一位诗人特有的想象和感受,而不是别人的想象和感受。

八月七日初入赣,过惶恐滩①

七千里外二毛人,② 十八滩头一叶身。③
山忆喜欢劳远梦,④ 地名惶恐泣孤臣。⑤
长风送客添帆腹, 积雨扶舟减石鳞。⑥
便合与官充水手, 此生何止略知津。⑦

【注释】

① 绍圣元年(1094),苏轼以五十八岁的高龄,被政敌迫害,不断贬官,最后以宁远军节度副使的名义,安置在惠州。这年八月七日那天,他开始乘船进入位于今江西南部的赣(gàn,音干)江。从江西万安到赣州,赣江北流,沿途有十八个滩,黄公滩最险,后讹变为惶恐滩。

② 七千里:当系指作者家乡距离赣江里程的约数。二毛人:头发兼有黑白二色的人,指垂老的人。

③ 一叶身:乘坐一叶扁舟的人,与上句"二毛人"均指老而被贬、冒险远行的自己。

④ 作者自注:"蜀道有错喜欢铺,在大散关上。"

⑤ 孤臣:被冷遇被贬谪的臣子。

⑥ 石鳞:水流过江底石上所形成的鱼鳞状波纹。

⑦ 知津:知道渡口所在。《论语·微子》载:孔子曾在途中向隐士长沮、桀溺问津。他们因为不同意孔子那种急于用世的主张,避免作正面答复,只说:"是知津矣。"(他是知道渡口的,何必

问我们。)这里是反用其意。

六月二十日夜渡海①

参横斗转欲三更,②苦雨终风也解晴。③
云散月明谁点缀,④天容海色本澄清。
空余鲁叟乘桴意,⑤粗识轩辕奏乐声。⑥
九死南荒吾不恨,⑦兹游奇绝冠平生。⑧

【注释】

① 苏轼于绍圣元年(1094)十月才到惠州,四年四月又贬琼州(今属海南)别驾,安置在昌化军(今儋县)。直到元符三年(1100)五月,才获赦北归,这时,他已六十四岁了。此诗是渡琼州海峡时所作。
② 参(shēn,音身)、斗:二十八宿(xiù,音秀)中的两宿。横、转:指星座位置的移动。
③ 苦雨:下个不停的雨。终风:吹个不停的风。
④ 点缀:加以衬托或装饰,使原有事物变得更为美好。《晋书·谢重传》载:重在司马道子家做客,正值月色明净。道子认为极好,谢重却认为不如有点云彩点缀。道子开玩笑说:你自己心地不干净,还想将天空也弄得污秽吗?

⑤ 鲁叟：指孔子。乘桴（fú，音浮）：坐木筏。《论语·公冶长》载：孔子曾慨叹自己的主张无法实现，想坐木筏到海外去。
⑥ 这句是以轩辕古乐比大海涛声。轩辕：即黄帝。《庄子·天运》：黄帝"张（演奏）咸池之乐于洞庭之野"。
⑦ 九死：多次几乎送命。
⑧ 冠（guàn，音贯）：居第一位。

【品评】

苏轼在其政敌的残酷迫害之下，贬谪南方达七年，经受了无穷无尽的物质上的困苦与精神上的折磨，但他始终是乐观和达观的。这两首诗一写南去，一写北归，都不仅表达了他的达观和乐观，还同时表现了他的倔强和幽默。这些，正是他性格中最吸引人的地方，而如我们所看到的，他的艺术又能使自己这些性格获得充分的体现。

举例来说，前篇上半，气势显得低沉，当他过那十分凶恶，令人惶恐的险滩时，忽然回想到约四十年前，初从四川取道陕西入京赶考，经过错喜欢铺的情况。年轻时功名顺遂，原以为致君泽民，大有可为，而四十年的经历却告诉自己，那些想法只不过是错喜欢，而今所有的，则是垂泪孤臣的无限惶恐而已。这是对自己一生的高度概括，却以唱叹出之，令人凄然欲绝。而下半第五六句则忽然转入开朗，以行船遇到顺风涨水，来暗示自己面对种种逆境不屈不挠，终能战胜它们，所以也没有什么值得顾虑的。第七八句以水手自喻，是对前第二、第四两句的否定，又充满了自信，将上半的低沉情绪一扫而空。如此用意用笔，大阖大开，妙不可言。

自己本因政治上迷了路,才被贬谪,而在贬谪中却还要自认知津,要与官充水手,未免离奇,但这正是苏轼之所以为苏轼。

比起前篇来,诗人在后篇中所体现的情绪当然更为豁达。上半篇融情于景,云散一联,用晋人典故来说明自己虽然长期被人诬蔑和陷害,但本来是清白纯洁的,所以现在终于真相大白,极为精切。第五句言迁流海外有年,愧未能在其地化民成俗,所以只能说有乘桴之事,而未能符孔子之心,因此不免遗憾。但就个人而言,却已饱览奇景,虽死无恨了。诗中没有怨,没有悔,而只是感到祸中得福,真是胸襟阔大,宠辱不惊。苏轼的作品之所以成为中国人民反抗庸俗风习和黑暗势力的精神支柱,也可以从这些地方看出来。

六月二十七日望湖楼醉书① 五首选一

黑云翻墨未遮山,白雨跳珠乱入船。②
卷地风来忽吹散,望湖楼下水如天。

【注释】

① 熙宁五年(1072)作者任杭州通判时作,时三十六岁。望湖楼:在西湖边,吴越王钱俶建,又名看经楼、先德楼。

② 跳：这里读平声。

饮湖上，初晴后雨二首选一

水光潋滟晴方好，山色空濛雨亦奇。
欲把西湖比西子，①淡妆浓抹总相宜。

【注释】

① 西子：西施，春秋时代越国美女。

【品评】

苏轼两度在杭州做官，给这个美丽的风景区留下了不少富有特色和情致的诗篇。即如这两首，前写由雨转晴，后写由晴转雨，而各极其妙。

前篇写黑云还没有来得及遮山，白雨却已入船。忽然一阵风来，它们又都成为过去，终于水天合一，一片宁静。雨下过了，诗也作完了。一件事刚开头，就转到另外一件，诗论家所谓"语未了便转"，使读者眼花缭乱。苏轼以后，杨万里的创作中往往也透漏出此种秘诀。对于这首诗，苏轼是很自负的，对于这一段生活也是很怀念的。所以后来他五十多岁再到杭州时，在《与莫同年饮湖上》一诗中写道:"到处相逢是偶然,梦中相对各华颠。还来一醉西湖雨,不见跳珠十五年。"

游湖遇雨,即使不说是扫兴,总也有些麻烦。但在后篇中,胸怀坦荡的诗人却能随遇而安,认为晴固好,雨亦奇,而且异想天开,将晴天的西湖比作淡妆的西子,而雨天的西湖则比作浓妆的西子,因而写出了千载流传的"欲把"二句。但西湖之美人人皆知,西子之美谁也未见,所以诗人虽然说以西湖比西子,事实上却是要人以西子比西湖。这一万口流传的比喻,与《和子由渑池怀旧》中"人生到处知何似,应似飞鸿踏雪泥。泥上偶然留指爪,鸿飞那复计东西?"还有《题西林壁》中"不识庐山真面目,只缘身在此山中"也一样,对读者不只是诉之于感受,同时也诉之于思考。这种由于思考而产生的奇妙比喻,乃是感情与智慧的结合,也是形象思维与抽象思维的统一。看来,这并无损而是有益于诗中所写的人生和物态之美。

苏轼是宋代最伟大的诗人,也是中国文学史上有数的伟大诗人之一。他的作品"如万斛泉源,不择地而出",但又能"行于所当行,止于所不可不止",和吴道子一样,"出新意于法度之中,寄妙理于豪放之外"。他的缺点是用事过多,失于繁富,但这不过是白璧微瑕。宋诗到了苏轼,才走上了真正有异于唐人的道路。

苏 辙 (1039—1112)

字子由,轼弟,与轼同年登进士第,授商州(今陕西商洛)军事推官。王安石变法,辙为属官,力陈新法之不便,屡遭贬谪。元祐六年(1091),旧党执政,召为右司谏,累迁御史中丞,拜尚书右丞,进门下侍郎。绍圣初,新党得势,复落职远走,远至雷州。徽宗立,复官大中大夫,致仕。有《栾城集》五十卷、《栾城后集》二十四卷、《栾城第三集》十卷,今存。

逍遥堂会宿① 二首

逍遥堂后千章木,② 长送中宵风雨声。③
误喜对床寻旧约,④ 不知漂泊在彭城。

秋来东阁凉如水,⑤ 客去山公醉似泥。⑥
困卧北窗呼不起, 风吹松竹雨凄凄。

【注释】

①逍遥堂:彭城(今江苏徐州)官舍中堂名。会宿:住在一道。

熙宁十年（1077），苏轼任徐州知州，苏辙在赴南京（今河南商丘）任判官前，与其兄会宿于此。
② 千章木：成林的大树。章，大木。
③ 中宵：半夜。
④ 误喜：错喜欢。对床：两人对床而卧。
⑤ 东阁：疑即指逍遥堂，或在官署的东边。
⑥ 山公：晋人山简，好酒，却无酒量，所以《晋书》说他"置酒辄醉"。苏轼也是如此，所以用来比拟。

【品评】

  嘉祐六年（1061），苏轼兄弟才二十多岁，住在汴京怀远驿。当他们读到唐韦应物《与元常全真二甥》诗中"宁知风雨夜，复此对床眠"之句时，十分感动，便相约早退闲居。故韦氏诗意在苏氏兄弟作品中反复出现，如苏轼之"寒灯相对记畴昔，夜雨何时听萧瑟""他年夜雨独伤神""雪堂风雨夜，已作对床声""对床定悠悠，夜雨今萧瑟""对床老兄弟，夜雨鸣竹屋"。苏辙则除《逍遥堂会宿》第一首外，还有"对床贪听连宵雨""夜雨从来对榻眠""风雨对床闻晓钟"等等。生活中最美好的境界，往往是令人难忘的。苏氏兄弟受到韦应物的启示，不仅领略了风雨对床的宁静和谐之美，而且还将其与早退闲居之乐联系起来。这就将宁静和谐的感觉深化了，使之进一步体现了一种早日摆脱功名富贵的优雅情操。苏氏兄弟的政治态度是保守的，人品却是高洁的，他们终生难忘风雨对床之乐也显示了这一点。

  次首将宦途失意的苏轼的形象突现了出来：人则一醉如泥，纸窗困卧；景则秋凉如水，风雨凄凄。这两兄弟的心情不问可知。苏轼和诗两首之一云："别期渐近不堪闻，风雨萧萧已断魂。犹胜相逢不相识，形容变尽语音存。"虽强作宽慰之语，但知味人不难尝到其中的苦涩。

黄庭坚 （1045—1105）

字鲁直，号山谷道人，洪山分宁（今江西修水）人。英宗治平四年（1067）进士，任叶县尉。熙宁初，教授北京国子监，知太和县。元祐初，召为校书郎、神宗实录检讨官，迁著作佐郎。绍圣二年（1095），贬涪州别驾、黔州安置。徽宗立，复谪宜州，卒于贬所。所著《山谷内集》二十卷、《外集》十七卷、《别集》二卷，有任渊等注本，今存。

送范德孺知庆州①

乃翁知国如知兵，塞垣草木识威名。②
敌人开户玩处女，掩耳不及惊雷霆。③
平生端有活国计，百不一试埋九京。④
阿兄两持庆州节，⑤十年麒麟地上行。⑥
潭潭大度如卧虎，边人耕桑长儿女。⑦
折冲千里虽有余，论道经邦政要渠。⑧
妙年出补父兄处，公自才力应时须。⑨
春风旆旗拥万夫，⑩幕下诸将思草枯。⑪

智名勇功不入眼,^⑫可用折箠笞羌胡。^⑬

【注释】

① 范德孺：字纯粹,范仲淹幼子。元丰八年(1085)八月知庆州(今甘肃庆阳)。庆州是当时北宋和西夏边境上的军事重镇。

② 乃翁：你的父亲,指范仲淹,北宋著名的政治家(知国)和军事家(知兵)。仁宗时,西夏侵扰边境,范仲淹自请出任防务,将其击败,迫使求和。塞垣(yuán,音元)：本指长城,后也用以泛指北方边界。

③ 这两句是说,当部队没有发起进攻时,文静得像个可以被戏弄的大姑娘,诱使敌人放松警惕,大开门户,而攻击时却又快又猛,像迅雷下轰,连掩耳都来不及。

④ 这两句是说,范仲淹胸中有许多治国之计,可是连百分之一都没有付之实行,就溘然长逝。范仲淹死于皇祐四年(1052)。端有：正有。活国计：使国家富强、人民安乐的方法。九京：即九原,春秋时晋国贵族的墓地,此借用。

⑤ 范德孺的二哥纯仁在熙宁七年(1074)及元丰八年两次出知庆州。

⑥ 麒麟：古代传说中一种象征祥瑞的兽,这里用以赞美纯仁成长得很快,继承了父亲的志业。

⑦ 这两句是说纯仁胸有权谋,深广难测,敌人都被镇住,不敢乱来。边境居民也就能够耕田种桑,生儿育女,过着和平生活。潭潭：深广貌。

⑧ 这两句是说纯仁虽然御敌的才力有余,但治理国家更需要他,所以第二次出知庆州后不久,又调回中央任枢密副使。折冲：

迫使敌人的战车后撤，即击退敌人。冲，一种战车。论道：讨论治国之道。经邦：管理国政。渠：他。这里指纯仁。

⑨ 这两句是说范德孺还很年轻，就填补了父兄留下的空缺，出知庆州。妙年：少年。公：指德孺。应（读平声）时须：适应当前的需要。

⑩ 这句是想象德孺到庆州后军容之盛。春风：指元祐二年（1087）的春天，即作诗之时。

⑪ 这句指边防将士求战心切，夏去秋来马肥草枯，正是便于作战的季节。

⑫ 《孙子·形篇》："善战者之胜也，无智名，无勇功。"这是称赞德孺有大将之才，不将以智出名、以勇建功放在眼里，也就是善于统筹全局，并不想在个别计谋或战斗中显得卓著。

⑬ 箠（chuí，音垂）：棍。笞（chī，音痴）：鞭打。羌胡：古西北外族名，指西夏。

【品评】

　　黄庭坚诗以艺术技巧知名，即使对他抱有偏见的人也无法否认他在这方面所取得的成就。虽然我们也可以将黄诗技巧所体现的实质抽象出来，概括地提升到理论高度，但技巧毕竟是具体的，与作品本身是不可分的。所以细读作品，是认识他的艺术的基本方法。

　　这篇诗就用意论，结构谨严，在全诗十八句中，父、兄、弟各占六句；就用韵论，又故意打破了这种均匀的局面，先是平韵八句，间以仄韵两句，又是平韵八句，换意与换韵参差错综，又与前人之换意就换韵之注重声情相应者不同。这是其创新的地方。

范德孺父兄的功业,久已昭著,而他本人则还是一位少年将领,所以诗篇主要是以父兄烘托他本人,就这一点来说,其作法又与杜甫《观公孙大娘弟子舞剑器行》有相近处。杜诗"晚有弟子传芬芳",即此诗之"妙年出补父兄处"。杜甫夸师傅即夸弟子,黄庭坚夸父兄即夸子弟。但两诗其他方面,却绝不雷同。

王充道送水仙花五十枝,欣然会心,为之作咏①

凌波仙子生尘袜,水上轻盈步微月。②
是谁招此断肠魂,种作寒花寄愁绝。③
含香体素欲倾城,④山矾是弟梅是兄。⑤
坐对真成被花恼,出门一笑大江横。⑥

【注释】

① 王充道:作者在荆南(今湖北江陵)时的友人。作咏:即作诗。
② 曹植《洛神赋》:"凌波微步,罗袜生尘。"形容洛水女神宓妃的神奇美丽,说她在水波上面慢慢地行走,所穿的罗袜也蒙上了灰尘。上句虚构,下句实有;上句幻,下句真。真幻交织使人

读后觉得同时兼具超现实感和现实感。本诗这两句利用这一传统形象加以改写,形容这位穿着罗袜在水面上轻盈缓步的女神,由于罗袜附着纤足,有如新月一弯,走时便也像新月在移动。凌波:在水面上。微月:即新月。

③ 此断肠魂:这一悲伤的魂灵,指宓妃。《洛神赋》中写她和曹植欢会之后,旋即分别,"悼良会之永绝兮,哀一逝而异乡"。这两句是诗人由花名水仙而发生的想象。不知道是谁将她的断肠魂招得来,种成在冷天开放的水仙花,来寄托她深深的愁恨。招魂,古代希望死者复生而举行的一种宗教仪式。愁绝:即绝愁、深愁。

④ 这句是说水仙花既香且白,赢得多数人的喜爱。倾城:一城的人都为之倾倒。

⑤ 这句是说,水仙、山矾、梅花这三种花都具有白而香的特色,可以相提并论。山矾:树名,春天开小白花,极香。

⑥ 这两句是说,对之赏玩太久,倒像真受到花的撩拨了,还是摆脱一下,付之一笑,到门外去看看长江吧。此诗作于建中靖国元年(1101),诗人暂寓位于长江之滨的荆南,所以诗中提到长江。

【品评】

相传黄庭坚在荆南客居时,曾经爱上了邻居一位幽娴美丽的姑娘,但她后来却另嫁了。在《次韵中玉水仙花》中,诗人曾将她比作水仙花,发出了"可惜国香天不管"的叹息。这篇诗可能也与这一情事有关,所以题中有"欣然会心"之语。但诗人似乎是要从沉溺的感情中求得解脱,最后两句便体现了这一点。

杜甫《缚鸡行》："小奴缚鸡向市卖，鸡被缚急相喧争。家中厌鸡食虫蚁，不知鸡卖还遭烹。虫鸡于人何厚薄，吾叱奴人解其缚。鸡虫得失无了时，注目寒江倚山阁。"杜、黄此二诗，确是如宋陈长方《步里客谈》所说"断句辄旁入他意，最为警策"。要补充的是，其所以成为警策，是由于诗中本意与他意之间，存在着内在联系，所以其彼此之间的情景初看似乎相去甚远，而由此及彼，仍属可感可知。因而这种陡峭的转折，不但能为读者所接受，进一步还会由于其中存在的矛盾的解决而使读者产生一种意外的喜悦。

诗中说，梅花、水仙、山矾都是既香且白，可以并提。我们都知道，梅花不全是白的，所以这也只是大概言之。传说清初学者毛奇龄最不喜欢苏轼。有人说，苏的"春江水暖鸭先知"可算是一句好诗。毛反驳说：为什么鹅就不先知，一定是鸭？这种反驳显然是毫无意义的。因为创作中所要求的精密工切不能和现实生活现象相等同。如果不有意地忽略作品中的这些阔略或疏失，就将导致在文苑中游历终身而仍了无所获的后果。

戏和答禽语[①]

南村北村雨一犁，[②] 新妇饷姑翁哺儿。[③]
田中啼鸟自四时，[④] 催人脱裤著新衣。
著新替旧亦不恶， 去年租重无裤著。[⑤]

【注释】

① 禽语：指布谷鸟的叫声。它的叫声听上去也像"脱却布裤"这句话。
② 雨一犁：可以浸透一犁头那么深的土地的雨量。
③ 饷（xiǎng，音想）：给饭吃。
④ 自四时：自能明辨四季。
⑤ 这两句是说布谷鸟叫人革新替旧，自然也不坏，可哪里知道去年由于租税太重，农民原来就没有裤穿。

【品评】

我国先民很早就注意到某些鸟的叫声听上去像是汉语中某个词或短语这一现象，如《山海经·南山经》中就多次提到"有鸟焉，……其名曰鴸，其名自号也"之类的话。到了唐代，就有人借与鸟叫声类似的辞意加以发挥，构成诗篇，即所谓禽言诗。在宋代，这种诗更为流行。这体现了诗人们向往大自然，希望与之融为一体，即宋儒所谓"物吾与也"的心态。它最初也许只是一种游戏文字，但严酷的现实生活使许多作者的禽言诗变成了讽喻诗。如布谷与脱却布裤本是一鸟，如称前名，则为劝农，如称后名，则为悯农。心随境转，诗人措辞也就各自不同了。

这篇诗虽以《戏和答禽语》即开玩笑地与鸟儿唱和为题，但基本上仍然是一篇禽言诗。作者抓住农民听到布谷鸟催他们脱却布裤时的感受，代他们宣泄了在沉重剥削之下的苦痛。诗的头两句给人以气候不坏、生活平安的印象，下面却忽然出人意料地转出完全相反的情景来。黄诗用意深曲，耐人寻味处，往往如此。苏轼《五禽言》之一云："昨夜南山雨，西溪不可渡。溪边布谷儿，劝我脱破裤。不辞脱裤溪水寒,水中照见催租瘢。"用意同黄,而略直致。

次元明韵寄子由①

半世交亲随逝水, 几人图画入凌烟?②
春风春雨花经眼, 江北江南水拍天。③
欲解铜章行问道, 定知石友许忘年。④
脊令各有思归恨,⑤ 日月相催雪满颠。⑥

【注释】

① 元明:黄庭坚的哥哥大临的字。子由:苏轼的弟弟辙的字。元明有诗寄与在筠州(今江西高安县)监盐酒税的子由,庭坚依其用韵次第同作。
② 凌烟:阁名,在唐代长安太极宫内。唐太宗曾令著名人物画家阎立本将功臣长孙无忌等二十四人的像画在阁内,以表彰他们的勋劳。这两句是说他们兄弟交好,已有多年,但都在政争中遭到失败,时光像流水般过去了,却没有为国家效力的机会。
③ 这两句写花开江涨之景,因以寄托其离别相思之情。此诗于元丰四年(1081)春天作于太和县,所以描写的是春景。
④ 欲解铜章:想要辞去知县的意思。古代居官时,将印带佩在腰

上(汉代规定县令是铜章墨绶),离职就得解下来。行问道:要向子由学道。行,将。苏轼在和苏辙《与兄子瞻会宿》诗题中说:"子由自少旷达,天资近道,又得至人养生长年之诀。"可见子由曾求仙学道。石友:交谊坚贞如石的朋友,指子由。许忘年:是说料想子由定会同意自己的要求。忘年,年长的人和年少的人交朋友,不计较年龄上的差异,称为忘年交或忘年友。苏辙比黄庭坚大七岁。

⑤ 这句是说子由怀念苏轼,也如自己怀念元明,彼此都以不能同回家园时常相聚为恨。脊令:水鸟名,首尾动摇相应,以比兄弟有急难时,互相帮助。《诗经·小雅·常棣》:"脊令在原,兄弟急难。"

⑥ 雪满颠:白发满头。

登快阁①

痴儿了却公家事, 快阁东西倚晚晴。②
落木千山天远大, 澄江一道月分明。③
朱弦已为佳人绝,④ 青眼聊因美酒横。⑤
万里归船弄长笛, 此心吾与白鸥盟。⑥

【注释】

① 快阁:在今江西省泰和县东澄江边,是登览胜地。

② 痴儿：诗人自指。晋夏侯济给友人傅咸的书信中说："生子痴，了官事，官事未易了也。"晋朝人以放达为高雅，以勤理官事为痴呆。这里反用其意，说自己办完公事，才在傍晚时分登临快阁。元丰四年至六年（1081—1083），作者任太和知县。

③ 这两句写阁上所见秋天远景。澄江：指水色清澈的江，这里是双关语。

④ 朱弦：《吕氏春秋·本味》载，伯牙是古代一位著名的琴师，钟子期是他的知音。钟子期死后，他就"破琴绝弦"。琴弦通常染成红色，故称朱弦。这里是写登临时怀念知音的佳人。这位佳人指谁，不详。

⑤ 青眼：晋阮籍能作青白眼，用青眼对待有好感的人，用白眼对待有恶感的人。这里表示对美酒的爱好。

⑥ 这两句表示自己无意长久混迹官场，希望归隐江湖。鸥盟：和鸥鸟结盟，意思是共同过闲适的生活，即隐退。

【品评】

　　黄庭坚《答洪驹父书》云："自作语最难。老杜（杜甫）作诗，退之（韩愈）作文，无一字无来处。盖后人读书少，故谓韩、杜自作此语耳。古之能为文章者，真能陶冶万物，虽取古人之陈言入于翰墨，如灵丹一粒，点铁成金也。"文学艺术来自人类对大自然即客观事物的虔诚的模仿；作家在对大自然模仿的同时，不会也不能忘记取法于那些对大自然的模仿已经取得成功的人，从而出现了古今中外文学所同的用典现象。这本来也是无可非议的。但黄庭坚，由于自己的独特爱好和修养，对典故十分熟悉，运用起来十分在行，竟将创作中可以用典的情况绝对化，主张作诗应当"无一字无来处"，即提倡诗必用典。这就显然是一种既不符合事实也行不通的偏见了。所以他这种主张，自己也不能在实践中完全贯彻。在这两首诗中，不但如"春风春雨花经眼，江北江南水拍天""落木千山天远大，澄江一道月分明"之类的句子可算得"天生好言语"，谈不上有什么典故，其已由注释中说明的用典诸句也都充实了读者的心灵，而并没有塞给他们一堆谁也不懂的东西。对于黄庭坚，我们似乎可以不必完全"听其言而信其行"。

这两篇诗在布局上各有特色。读前篇，要看它的用笔变幻难测处。首句起得平常，次句却出人意料地写到功名蹭蹬，丰富了如水一般流逝的那个半世的内涵。次联只写当前之景，而想念之情自在其中，与上下文似衔接非衔接。三联才正面写相思相寄之情。尾联又回过来，与首联相应。层层转换，无一平笔。而后一篇则首联登阁，次联揽景，三联怀友，末联思归，一气盘旋，无多曲折，而气势豪纵，与前篇之以转折取胜者不同。

雨中登岳阳楼，望君山[①]二首

投荒万死鬓毛斑，[②] 生入瞿塘滟滪关。[③]
未到江南先一笑，[④] 岳阳楼上对君山。

满川风雨独凭栏,⑤ 绾结湘娥十二鬟。⑥

可惜不当湖水面, 银山堆里看青山。

【注释】

① 岳阳楼:湖南岳阳城西门楼,下临洞庭湖。唐丞相张说谪岳阳时所建。为登临胜地,今已重修。君山:洞庭湖中的一座小岛。

② 投荒:贬官到荒僻的地方。

③ 瞿塘:峡名,在重庆奉节县附近。滟滪(yànyù,音艳预)关:滟滪堆是矗立在瞿塘峡口江中的一块大石头。附近的水流得非常急,是航行很危险的地带。古代民谣有"滟滪大如襆(fú,音浮),瞿塘不可触"的话。因其险要,故称之为关。生入……关:东汉班超从军西域三十一年,年老思归,有"但愿生入玉门关"的话。此用其语。

④ 江南:这里泛指长江下游南岸,包括作者的故乡分宁在内。

⑤ 川:这里指洞庭湖。

⑥ 这句写风雨凭栏时所见君山。绾(wǎn,音晚)结:(将头发)向上束起。湘娥:《楚辞·九歌》中的湘君和湘夫人,相传即帝舜二妃娥皇和女英,君山是她们居住的地方。十二鬟:是说君山丘陵起伏,有如女神各式各样的发髻。鬟,发髻。

【品评】

据任渊所作黄庭坚诗谱,此二诗手迹有跋云:"崇宁之元(1102)正月二十三,夜发荆州,二十六日至巴陵(今岳阳),数日阴雨不可出。二月朔旦,独上岳阳楼。"诗人自绍圣初因修国史被政敌诬陷遭贬，到徽宗即位，政治地位才略有改善。建中靖国元年（1101），出了四川，次年（即崇宁元年），又从湖北沿江东下，经过岳阳，准备回到故乡去。这时，他已被贬七年，流转在四川、湖北一带，环境非常恶劣，又到了对于古人来说算是高龄的五十七岁。长途漂泊，旅况萧条，在风雨中独上高楼，所以一方面为自己能够在投荒万死之后平安地通过滟滪天险生还而感到庆幸，另一方面回首平生，瞻望前路，又不能不痛定思痛，黯然伤神。因而欣慨交心，凄然一笑。我们读过苏轼的《六月二十日夜渡海》中"九死南荒吾不恨，兹游奇绝冠平生"，想见此老真是胸次浩然，早已将一切忧患置之度外，真像关汉卿在套曲《南吕·一枝花·不伏老》中所说的"我是个蒸不烂、煮不熟、捶不匾、炒不爆，响当当一粒铜豌豆"。黄庭坚与之相比，似乎还未能完全忘怀得失。这种气质上的差异，很准确地表现在作品中，是读者所应当注意的。

独上高楼，可以望洞庭湖。楼在岳阳城西门上，和湖还有段距离，则在风雨中又不能在"银山堆里看青山"，所以只好出之以想象，而将其认作湘娥鬟髻了。刘禹锡《望洞庭》云："遥望洞庭山水翠，白银盘里一青螺。"雍陶《望君山》云："应是水仙梳洗罢，一螺青黛镜中心。"可能给黄庭坚以某种启发，给他提供了想象的依据。

黄庭坚是江西诗派的领袖，也是文学史上一位有争议的人物。但他对我国古典诗歌的影响，是无可置疑的。对他的评价，也随着历史上文艺思潮及价值观的不同而大有高低。对黄庭坚的艺术技巧，今后似乎很值得进一步研究。

道 潜 (1043—1102)

字参寥,俗姓何,於潜(今浙江临安)人,自幼出家。与苏轼、秦观诸人友善。苏轼谪居黄州时,他曾前往探视,离黄时同游庐山。元祐中,卜居杭州智果禅院,时苏轼知杭,颇多交往唱和。因诗涉剌讥得罪,勒令还俗,后得昭雪,复削发为僧。有《参寥子集》十二卷,今存。

临平道中

风蒲猎猎弄轻柔,① 欲立蜻蜓不自由。②
五月临平山下路,③ 藕花无数满汀洲。④

【注释】

① 风蒲:被风吹着的蒲苇。猎猎:风声。
② 这句是说蒲叶轻柔,连蜻蜓也站不稳。
③ 临平山:在今杭州市东北。
④ 藕花:荷花。

【品评】

　　此诗为苏轼所激赏,见了之后,立即刻石。当时还有一位宗室曹夫人工于绘画,也据诗意作了一幅临平藕花图。

　　德国启蒙思想家莱辛在《拉奥孔》中曾指出:"雕刻、绘画之类的造型艺术用线条、颜色去描绘各部分在空间中并列的物体,不宜于叙述动作;诗歌用语言去叙述各部分在时间上先后承续的动作,不宜于描绘静物。"但我们的古典作家的追求则在于诗与画的相同、相通、相融合、相渗透,而非两者的差异、隔绝或对立,所以苏轼《书摩诘〈蓝田烟雨图〉》说:"味摩诘之诗,诗中有画;观摩诘之画,画中有诗。"又《韩幹马》云:"少陵翰墨无形画,韩幹丹青不语诗。"苏轼之所以激赏道潜此诗,主要是因为它所表现的恰是绝妙的画境,这也就是曹夫人见此诗而欲以画表现其中情景的原因。诗画的交融或互补,是要诗具画景,画见诗情。道潜此诗为我们提供的五月临平道中的景物,不但有风和日丽的天气,蒲苇受风的猎猎之声,蜻蜓在蒲叶上站立不稳的款款之态,还有山下路旁满眼的藕花莲叶,都可以十分明晰地感知。可是它又以诗人所表现在时间中永恒的动替代了画家所表现的在空间中刹那的静,因而使两种艺术在这首诗中合二而一。

秦 观 (1049—1100)

字少游,一字太虚,高邮(今属江苏)人。元丰八年(1085)进士,为临海(今属浙江)主簿。元祐初,除太学博士,累迁国史院编修。在党争中,屡遭贬谪。徽宗立,召为宣德郎,中道卒于藤州(今广西藤县)。以文辞见重于世,苏轼尤推重之。所著《淮海集》四十一卷,后集六卷,词三卷,今存。

春日五首选二

一夕轻雷落万丝,① 霁光浮瓦碧参差。②
有情芍药含春泪,③ 无力蔷薇卧晓枝。

袷衣新着倦琴书,④ 散策池塘返照初。⑤
翠碧黄鹂相续处,⑥ 荇丝深处见游鱼。⑦

【注释】

① 万丝:指细雨。

② 霁光：雨后初晴时的阳光。浮瓦：由于阳光反射在瓦上，光线好像飘浮着。碧：指琉璃瓦的颜色。
③ 泪：指雨点。
④ 袷衣：即夹衣。
⑤ 散策：携杖散步。策，竹杖。返照：落日反射。
⑥ 翠碧：百舌鸟。黄鹂：黄莺。
⑦ 荇（xìng，音杏）：一种水生植物，叶子略呈圆形，浮在水面，花黄色。

【品评】

秦观的《春日》五首，是这位敏感的诗人从不同侧面记录自己在某一个春天心灵活动的一组诗。这里所选的两首，前者写夜来细雨以及花枝在雨后晓晴时的娇惰神态，极为动人；后者则写夕晖将落，小园独步，鸟飞鱼戏，物我相忘，展示了另外一种境界。但总的说来，其风格是偏于阴柔和纤秀的（他的词在这点上表现得更加突出）。

金人元好问《论诗绝句三十首》评此诗云："有情芍药含春泪，无力蔷薇卧晓枝。拈出退之山石句，始知渠是女郎诗。"按韩愈《山石》云："山石荦确行径微，黄昏到寺蝙蝠飞。升堂坐阶新雨足，芭蕉叶大栀子肥。"又云："山红涧碧纷烂漫，时见松枥皆十围。"显然，元好问在壮美与优美、阳刚之美与阴柔之美或男性美与女性美之间有所轩轾。我们虽然尊敬元好问在诗歌创作和理论方面所取得的成就，但就这一点而论，却不能不为了他之不知欣赏异量之美而感到惋惜。对此前人也有所议论，清薛雪云："先生休讪女郎诗，山石拈来压晚（当作'晓'）枝。千古杜陵佳句在，云鬟玉臂也堪师。"又朱梦泉云："淮海风流句亦仙，遗山（元好问号）创论我嫌偏。铜琶铁绰关西汉，不及红牙唱酒边。"而在古代作家中最鲜明地提出人们应当能够欣赏异量之美的，则是苏轼。他评书法说："杜陵评书贵瘦硬，此论未公吾不凭。短长肥瘠各有态，玉环飞燕谁敢憎？"又云："貌妍容有矉，璧美何妨椭？端庄杂流丽，刚健含婀娜。"前一条指出异量之美是客观存在，后一条更进一步指出异量之美不但并非完全对立而且可以互相渗透交融。这就比元好问的偏执圆通多了。当然，作为一位作家或批评家，任何人都有权标榜自己所推崇或爱好的风格。但作为一位文学史家，则必须有历史的眼光，对各种不同的作品及其风格，给以客观公正的评估。这二者是有区别的。

张 耒 (1054—1114)

字文潜,淮阴(今属江苏)人。弱冠登熙宁进士第,任临淮主簿,累迁著作郎、史馆检讨,擢起居舍人。绍圣初,知润州。新党执政,被列入元祐党籍,屡遭贬谪。徽宗崇宁五年(1106)始得自便,主管崇福宫,卒。所著《宛丘集》七十六卷,今存。

偶题①二首

相逢记得画桥头,花似精神柳似柔。
莫谓无情即无语,春风传意水传愁。

春水长流鸟自飞,偶然相值不相知。②
请君试采中塘藕,③若道心空却有丝。④

【注释】

① 偶题:偶然题咏(作诗),题是动词,与无题之"题"作名词者

不同。
② 相值：相遇。
③ 藕：配偶之"偶"的谐声字。
④ 丝：相思之"思"的谐声字。

【品评】

在诗人笔下往往会出现一些生活中非常微妙的感情。在前面品评王安石五绝《楼上》时，我曾经指出王诗中的同情与杜牧诗、苏轼词中的遐想之间的细微区别。张耒这两首诗却又是一种情况。他偶然遇到一位美丽温柔的姑娘，也许曾对她表示过好感，但姑娘的回答是沉默，转眼又分手了。这很可能是拒绝（不管是主动的还是被迫的），但作者一心认定她虽无语，却有情。于是写下这相思相望、一往情深的诗篇。这当然也是情诗，但这情是片面的，虽比杜牧、苏轼之完全陷于遐想已进了一层，但其写对方的情意，仍然是假设的。"春风传意水传愁"，只能是诗人想象中那位无语姑娘的心境，而"请君试采"之"君"，当然也是指的那位姑娘了。倒是"春水"二句，写的是实情实景。

南朝吴歌中，常用谐声词作双关语，如以布匹之"匹"喻匹偶之"匹"，围棋之"棋"喻期会之"期"，莲花之"莲"喻怜爱之"怜"，蚕丝之"丝"喻相思之"思"，石碑之"碑"喻悲哀之"悲"，篱笆之"篱"喻别离之"离"。这组诗中第二首三四句也是如此，希望这位沉默的姑娘理解他的相思之情。

怀金陵①三首选一

曾作金陵烂漫游,② 北归尘土变衣裘。③
茋荷声里孤舟雨, 卧入江南第一州。④

【注释】

① 金陵:即今南京。
② 烂漫:无拘束的,自由自在的。
③ 陆机《为顾彦先赠妇》:"京洛多风尘,素(白)衣化为缁(黑)。"这句化用陆诗之意。
④ 这两句是回忆初到金陵之景。茋(jì,音寄):菱。江南第一州:指金陵。

【品评】

  此诗以结构论,首句平起,次句逆接,后半实写烂漫游程,又与前句绾合。这样便突出了题中"怀"字。

  结构是伴随着作者的思路而产生的。诗人在金陵无拘无束地浪游的时候,也许并没有觉得这个地方是多么可爱,可是一经北上,洁白的衫子被扑面的风尘染成黑色,这就使他不能不回忆起青山似染、江水如蓝的江南来。在风沙遍地的北方想念气宇明丽的南国时,诗人不由得将自己的回忆集中在一点上,即初到金陵时的光景。他是在一种美妙如画的景色中,安静而悠闲地到达金陵的,对金陵的第一印象是极为深刻的。因此才有后来的烂漫之游。这,就对金陵可怀之处作了丰富的暗示。也就是说,该写的都写了。不用写的,又何必再费笔墨呢?在这些地方,作者是应当信任读者,让他们去驰骋各自的想象的。

陈师道 （1053—1101）

字无己，又字履常，彭城（今江苏徐州）人。自少刻苦学问，年十六，以文谒曾巩，大受赏识，终身师之。熙宁中，王安石注《周礼》诸经，以为推行新法的理论基础，师道颇不赞同，遂绝意进取。苏轼、傅尧俞等荐其文行于朝，起为徐州教授，后擢太学博士，久之，召为秘书省正字，卒。所著《后山集》三十四卷，又任渊注《后山诗注》十二卷，今均存。

妾薄命①二首

主家十二楼，②一身当三千。③
古来妾薄命，事主不尽年。④
起舞为主寿，相送南阳阡。⑤
忍着主衣裳，为人作春妍？⑥
有声当彻天，有泪当彻泉。⑦
死者恐无知，妾身长自怜！

叶落风不起，山空花自红。⑧

捐世不待老，惠妾无其终。⑨

一死尚可忍，百岁何当穷？⑩

天地岂不宽？妾身自不容。⑪

死者如有知，杀身以相从。⑫

向来歌舞地，夜雨鸣寒蛩。⑬

【注释】

① 妾：侧室，也是旧日妇女的谦称。曹植有题为《妾薄命行》的乐府诗，这里用其旧题。

② 十二楼：据鲍照《代陈思王京洛篇》"凤楼十二重，四户入绮窗"，则十二楼当是十二层的楼。这里用以泛指贵人所住高楼。

③ 这句即白居易《长恨歌》"后宫佳丽三千人，三千宠爱在一身"的意思。当（读去声）：抵。

④ 这句是说侍奉主人不能到头。尽年：走完生命的旅程。

⑤ 这两句是说正翩翩起舞，供主人欣赏，为他祝福，岂料转眼间就送他到墓地了。刘禹锡悼宰相武元衡遇刺的《代靖安佳人怨》有句云："晓来行哭里门外，昨夜华堂歌舞人。"写由生到死，乐极哀来，与这两句略同。为寿：犹言祝福。南阳阡：汉原涉为他父亲在南阳置办的墓地，称为"南阳阡"。此泛指通往坟地的道路。

⑥ 唐崔国辅《怨词》云："妾有罗衣裳，秦王在时作。为舞春风多，秋来不堪着。"又白居易《燕子楼》云："细晕罗衫色似烟，几回欲着即潸（shān，音衫）然（流泪貌）。自从不舞《霓裳曲》，叠在空箱十一年（当作'一十年'）。"与这两句事异义同，

一从不忍舍旧爱着笔,一从不忍事新人着笔。

⑦ 这两句形容极度悲苦,哭声可上达青天,泪滴可下透黄泉。

⑧ 这两句承上篇"相送南阳阡"来,写墓园的凄惨之状。以红花之绚烂与落叶之飘零相衬,愈见山野之空旷寂寥。

⑨ 这两句是说主人还没有老就死了,因此施与"我"的恩惠就没有到头。捐世:弃世,指死亡。惠:施以恩惠。无其终:犹言不到头。

⑩ 这两句的意思是,死亡的痛苦还可以忍受得住,但痛苦的生存却没完没了,更令人难堪。何当:何时。穷:尽。

⑪ 这两句是说,"我"之所以如此痛苦,并非人生道路狭窄所致,而是自己为了爱情而作出的选择。

⑫ 这两句与上篇"死者恐无知,妾身长自怜"二句相对应。

⑬ 这两句写主人死后,楼阁的荒凉景象。与上篇"主家十二楼,一身当三千"二句相对应。蛩(qióng,音穷):蟋蟀。

【品评】

作者于此诗题下自注云:"为曾南丰作。"曾南丰,即曾巩,字子固,南丰(今属江西)人,当时杰出的史学家、散文家,陈师道的老师,死于元丰六年(1083)。这是两篇写法比较别致的悼诗,以一位侍妾悲悼宠爱她的主人的口吻,来表达学生对老师逝世的沉痛心情。

在我国古典文学传统中,诗人自来喜爱并且善于以男女之情来譬喻国家和人民、君和臣、师和生以及朋友之间的关系。正如明人郝敬所解释的:"诗多男女之咏,何也?曰:……情欲莫甚于男女,……声音发于男女者易感。故凡托兴男女者,和动之音,性情之始,非尽男女之事也。"(陆以谦《词林纪事序》引)如唐朱庆余的《近试上张水部》:"洞房昨夜停红烛,待晓堂前拜舅姑。妆罢低声问夫婿,画眉深浅入时无?"这篇传诵人口的作品即是以举子考进士科比女子结婚,以诗坛前辈张籍比作丈夫,将自己比作新娘。至如陈师道此诗之所以为人推重,还和当时的社会风气有关。王安石做宰相时,向他学习的人很多,但政局一变。都赶忙洗刷自己,矢口否认和老师的关系。张舜民的《画墁集》中有《哀王荆公》四首,其中就曾慨叹"今日江湖从学者,人人讳道是门生""若使风光解流转,莫将桃李等闲栽"。因此,读者肯定这两篇诗,实质上也就是对当时那种存在于士大夫当中的浇薄风气的鄙视和反感。至于就诗论诗,则这两篇语言精警,感情深挚,乃是抒情诗中的精品,自不待言。

示三子

去远即相忘,归近不可忍。[①]
儿女已在眼,眉目略不省。[②]
喜极不得语,泪尽方一哂。[③]
了知不是梦,忽忽心未稳。[④]

【注释】

① 这两句是说，实在走远了，也就不那么想念了，而一听说不久即将回来，却反而控制不住自己。
② 这两句写初见时的情景。相别几年，儿女都已长大，见面也不大认识了。省（xǐng，音醒）：识。
③ 哂（shěn，音审）：微笑。
④ 这两句的意思是，虽然确实知道并非梦中相见，可是心里还是迷迷糊糊的，一时稳定不下来。了知：确实知道。

【品评】

　　元丰七年（1084），陈师道因家境贫穷，养不活自己的家口，只好将妻子郭悟及三个儿子、一个女儿送到四川他岳父郭概处寄食。四年以后，才从四川接回到徐州。这篇诗作于妻儿们刚回来之时。夫妻、父子久别重逢之情，酝酿出这一首好诗。

　　一般说来，诗贵含蓄，要有文外曲致。所以清袁枚曾经开玩笑地说，天上只有文曲星，可没有文直星。但是，这也不能绝对化。像这篇作品，就是至情无文，直抒所感，不假修饰而自然动人。唐孟郊《游子吟》云："慈母手中线，游子身上衣。临行密密缝，意恐迟迟归。谁云寸草心，报得三春晖？"歌颂母爱，以三十字抵人千百，也是如此。陈师道提倡"宁拙无巧，宁朴无华"（《后山诗话》），因此他的诗也以质朴见长。黄庭坚却往往伤于工巧。陈曾说"人言我语胜黄语"，也就是在这些地方。

　　此诗之"去远即相忘"，就是姜夔《鹧鸪天》中的"人间别久不成悲";"了知不是梦,忽忽心未稳",就是晏几道《鹧鸪天》中的"今宵剩把银釭照,犹恐相逢是梦中"。一为亲子之情,一为男女之爱,对象不同,而诗词风格也有分别,但构思则不谋而合,可见人同此心。

怀 远^①

海外三年谪,天南万里行。^②

生前只为累,身后更须名?^③

未有平安报,空怀故旧情。

斯人有如此,无复涕纵横。^④

【注释】

① 怀远:怀念远方的友人,指苏轼。
② 苏轼于绍圣四年(1097)被贬儋耳(今海南儋县),本诗作于元符二年(1099),正是三年。这两句说苏轼被贬时间之久,空间之远。
③ 苏轼因为名声很大,所以被人忌刻陷害。名声在生前也只能累人,死后还要它干什么呢?
④ 像这样一个杰出人物,竟落得这种结果,真叫人眼泪都再没得流了,也就是说,眼泪都为他流尽了。

【品评】

　　这首诗是陈师道怀念被政敌陷害以致贬谪远方的好友苏轼而作。诗中充满了悲愤和激情。语言质朴,感情沉郁,鲜明地体现了他的风格特色。我们玩索之余,还会感到它的写法是有点特别的,这就是通篇无景语。

　　古人写诗论诗,情景并重。所以明谢榛《四溟诗话》说:"夫情景相融而成诗,此作家之常也。"又说:"作诗本乎情景,孤不自成,两不相背。"王夫之《姜斋诗话》说:"夫景以情合,情以景生,初不相离,唯意所适。截分两橛,则情不足兴,而景非其景。"宋范晞文《对床夜语》更举杜甫五律名作为例以明之云:"老杜诗:'天高云去尽,江迥月来迟。衰谢多扶病,招邀屡有期。'上联景,下联情。'身无却少壮,迹有但羁栖。江水流城郭,春风入鼓鼙。'上联情,下联景。'水流心不竞,云在意俱迟。'景中之情也。'卷帘唯白水,隐几亦青山。'情中之景也。'感时花溅泪,恨别鸟惊心。'情景相融而莫分也。'白首多年疾,秋天昨夜凉。''高风下木叶,永夜揽貂裘。'一句情,一句景也。固知景无情不发,情无景不生。或者便谓首首当如此作,则失之甚矣。"

　　诸家所论情景不可分割之理,极为分明。但自来论者似更为偏重以写景作为抒情的手段,所谓融情入景。所以王夫之又说:"不能作景语,又何能作情语邪?古人绝唱句多景语,如'高台多悲风''蝴蝶飞南园''池塘生春草''亭皋木叶下''芙蓉露下落'皆是也,而情寓其中矣。以写景之心理言情,则身心中独喻之微,轻安拈出。"这就是说,能够表达内心曲折微妙深沉的感情的景语也就是情语。可是陈师道这首诗却是反其道而行之，他只是直抒所感，无暇旁及。而这种真诚的爱心所发出的炽热却和许多古今胜语一样都很感人。像这种诗，我们能不能由于其中没有出现景物就说它缺乏形象性呢？不能。因为在作者笔下，受到不公正的政治待遇而深受同情的苏轼，以及对于这种不公正深表愤慨的陈师道，这两个形象都是很鲜明的。形象性并不完全依靠自然物色的陪衬才能表达。上篇《示三子》也是如此。由此可见，文无定法，诗并不一定要兼备情景。六朝迄唐，一篇之中景语为多，乃至全篇都用景语写成的抒情诗也不少，由唐转宋，又有些诗人写出全篇用情语的诗。这似乎也是一种值得注意的变化。

谢赵生惠芍药① 三首选一

九十风光次第分，② 天怜独得殿残春。③
一枝剩欲簪双髻，未有人间第一人。④

【注释】

① 惠：赠予。芍药：这里是指木芍药，即牡丹。
② 春季三个月，共九十天，九十风光即春光。次第：这里作迅速解。分：分别，离去。这句是说美好的春天迅速消逝。
③ 这句是说由于天怜爱牡丹，所以让它在春色已残时最后开放。

怜：爱。殿：最后，这里作动词用。
④ 剩欲：很想。这两句极写牡丹之美艳，说很想折下一枝，给一位女子簪在发髻上，可是却找不到配戴这朵花的人间第一美人，言外有怀才不遇之意。

【品评】

清潘德舆《养一斋诗话》："陈无己《小放歌行》云：'春风永巷闭娉婷，长使青楼误得名。不惜卷帘通一顾，怕君着眼未分明。''当年不嫁惜娉婷，傅白施朱作后生。说与旁人须早计，随宜梳洗莫倾城。'山谷曰：'无己平日诗极高古，此则顾影徘徊，炫耀太甚。'愚谓无己两诗，亦颜延年《五君咏》之流也，岂自炫哉！愤世嫉俗之调耳。第一首恶幸得名位之人，必欲知我者真一着眼。第二首明独居自爱之怀，不似随时者上于早计。品甚超，词甚激，正是好高志古、不浪结纳者口吻，何为不高古哉？无己安贫守道，穷厄以死，岂肯为顾影卖弄之词？吾恨山谷久与之交，而不能因其词而察其心也。无己又有芍药诗云云，此真眼空一世，无人之见者存也。炫耀干进者，胸次有此等语耶！"

潘德舆所解，大体上能得陈师道诗意。古代服膺儒学的士人，一方面总想达到"兼善天下"，另一方面又认为"不义而富且贵，于我如浮云"。陈师道反对王氏新学新政，绝意进取，但这并不排斥他仍有仁民济世之心。被屏除在仕路名场之外的他，对自己的牢落不偶也不可能完全无动于衷。这三篇小诗，正从不同角度体现了诗人内心的苦闷和矛盾。

唐人咏牡丹名句如李正封之"国色朝酣酒，天香夜染衣"，李白之"一枝红艳露凝香",吴融之"腻若裁云薄缀霜",都从正面形容其体态。此诗则从侧面暗示其风神,非惟实虚有殊,还从议论中展示形象。唐宋有别,这又是一例。

陈师道是江西派中仅次于黄庭坚的重要作家。他的诗用意曲折深邃,语言本色浑朴。他推重苏、黄,却不走他们的路子,是最能体现宋诗独特面貌的诗人之一。

韩 驹 (?—1135)

字子苍,仙井监(今四川仁寿)人。徽宗政和初,召试舍人院,赐进士出身,除秘书省正字。因被指为苏轼之党谪降,后复召为著作郎,校正御前文籍。宣和五年(1123)除秘书少监,六年,迁中书舍人兼修国史。高宗立,知江州。绍兴五年(1135)卒。有《陵阳集》四卷,今存。

九绝为亚卿作[①]选三

君去东山踏乱云,[②] 后车何不载红裙?[③]
罗衣浥尽伤春泪,[④] 只有无言持送君。

君住江滨起画楼,[⑤] 妾居海角送潮头。[⑥]
潮中有妾相思泪, 流到楼前更不流。

妾愿为云逐画樯,[⑦] 君言十日看归航。
恐君回首高城隔, 直倚江楼过夕阳。[⑧]

【注释】

① 亚卿：姓葛，阳羡（今江苏宜兴）人，作者的朋友。亚卿与一位风尘女子相爱，短期分手，也十分依恋。韩驹便用这位女子的口吻，写了九首七言绝句，以表达双方难舍难分的情意。

②《诗经·豳风·东山》："我徂东山，慆慆（tāotāo，音滔滔。远貌）不归。"《东山》是一篇描写士兵出征及时回家的诗，所以用以比葛亚卿因公出差。踏乱云：形容此行山高路远。

③ 这句是女子的埋怨之辞。后车：副车，侍从之车。红裙：这里是女子的代称。

④ 浥（yì，音义）：沾湿。

⑤ 画楼：以绘画作装饰的楼，即华美的楼。下篇"画槛"之"画"同。

⑥ 海角：指江入海处，海水涨潮，则潮头随江而上，所以这么说。

⑦ 为云：古代神话，巫山神女朝则为云，暮则为雨。这里暗用此典。樯（qiáng，音强）：桅杆，这里作为船的代称。

⑧ 这两句是写初别之时，男方频频回首，女方则生怕他一直在船中痴望自己，也就倚在楼上，待到夕阳西下。

【品评】

中晚唐到五代，逐渐流行起一种新型歌曲，同时也是一种新型抒情诗样式，这便是词。它从民间进入酒筵歌席，又进入更为阔的社会生活。到了宋代便逐步与五七言诗分庭抗礼，并且在悲欢离合的男女恋情这类题材和主题中，挤占了五七言古今体诗体的市场。宋人几乎不用诗来写爱情，却在词中大显身手。只有那些写社会默认的婚外恋的词，才使我们看到宋人的爱情生活是多么多姿多彩！正因为宋人不习惯于以诗写爱情，笔者才选了韩驹这几首小诗，所谓"物以稀为贵"。它们写得朴实而又缠绵，语浅意深，凄婉可诵。

　　古代诗歌写男女之情的很多，而写婚外恋的在其中又占有很大的比重。这是有其历史原因的。因为在统治阶级中，婚姻实质上是一种政治行为，起决定作用的乃是家世的利益而非个人的意愿，因而其结合绝不是先有爱情后有婚姻，而是反过来。即使婚后双方有了一点爱情，那也绝不是主观的爱悦和婚姻的基础，而是客观的义务和婚姻的附加物。所以现代意义的爱情，在古代通常存在于礼法规范之外。而在男权社会中，就自然而然地表现为以娼妓（歌儿舞女）为对象的婚外恋了。这种人类对于爱情的正当要求的不正当表现是强有力的，不可遏止的。这正可说明这些表现生活内容的作品何以如此真诚，如此感人。

江端友 （？—1134）

字子我，陈留（今属河南）人。生年不详。钦宗靖康初召见，为承务郎，赐进士出身，诸王宫教授，官至太常少卿。著有《七里先生自然斋集》七卷，今佚。

牛酥行

有客有客官长安，① 牛酥百斤手自煎，②
倍道奔驰少师府，③ 望尘且欲迎归轩。④
守阍呼语"不必出，⑤ 已有人居第一先。
其多乃复倍于此， 台颜顾视初怡然。⑥
昨朝所献虽第二， 桶以淳漆丽且坚。⑦
今君来迟数又少， 青纸封题难胜前"。⑧
持归定惭辽东豕，⑨ 努力明年趁头市。⑩

【注释】

① 客：当指一位姓邓的西京留守。长安：本是汉代的西京，这里借指北宋的西京洛阳。

② 牛酥：牛奶油。

③ 倍道：两步并成一步走。少师：这里指梁师成。梁曾任少师，《宋史》本传失载。

④ 晋潘岳对当时大官贾谧非常谄媚。每逢贾谧坐着车子出来，他等不及看见车子，只要望到车子走到时扬起的灰尘，就赶忙下拜。轩：有栏杆的车，为大夫所乘。这里用潘岳来比喻这个送牛酥的人，用贾谧来比喻少师，说梁师成当时不在家，送牛酥的就在他门口恭候。

⑤ 守阍（hūn，音昏）：看门的人。看门的人喊他不必把酥油拿出来。

⑥ 台颜：指少师的脸色。"台"是敬辞。怡然：愉快的样子。

⑦ 这句是说所献的酥油包装得美丽而且坚固。淳漆：厚漆。

⑧ 这句说包装得很简陋，不如前人。封题：犹言封口，包扎。题，头，指盛器上端的口。

⑨ 古代寓言，辽东地方不出白猪，有次忽然生了一只白头猪，人们都很奇怪，决计将它献给皇帝，哪知到了河东，看到许多猪都是白的，于是抱着这白头猪惭愧而归。意在讽刺这个送牛酥的人自以为送的礼物不错，其实不算什么，拿回去的时候，定然会觉得难为情。

⑩ 趁头市：赶第一场交易，指再来行贿。

【品评】

贪污腐败是人类社会进入私有制以后，历代政权都难以克服的顽症。这种顽症的侵蚀能使政权削弱以至消亡。所以早在周朝，有识之士就已提出警告说："国家之败，由官邪也。官之失德，宠赂章也。"(《左传》桓公二年载臧哀伯语)北宋徽宗时代，外患频仍，吏治黑暗，已经到了除灭亡以外无其他道路可供选择的程度。江端友的这首讽刺诗，只不过是这个即将崩溃的帝国政治生活大乐章中一支小小的插曲。

此诗纯用赋体。它只是如实地将一群奔竞权门无孔不入的官僚的丑态冷静地记录下来。而正面着力刻画的又只是献牛酥的第三人，但那已做了第一次和第二次奉献者的形象，通过看门人的介绍，也就呼之欲出。至于受献者梁师成虽丝毫没有提到，而读时自会感到他的存在，而且还感到他是这场丑剧的导演。

梁师成是个宦官，《宋史》有传，称其"阴贼险鸷""都人目为隐相（即有实无名的宰相）"。可见其声势显赫，手段毒辣。许多没有骨气的人既畏惧他，又趋奉他，不为无因。最奇特的是，他居然无耻地冒充是苏轼的私生子。当时元祐党禁还没有取消，苏轼列名奸党，他的文章和手迹都被禁毁。可由于梁师成冒充他的后代，在徽宗皇帝面前为他申冤，苏轼的作品才得以部分保全。历史上许多事件的因缘实在是很奇妙的。

唐 庚 (1071—1121)

字子西,丹棱(今属四川)人。绍圣进士,张商英荐其才,除提举京畿常平。商英罢相,庚亦被贬,安置惠州。遇赦,复官承议郎,提举上清太平宫。有《唐先生文集》二十卷,今存。

张 求

张求一老兵,着帽如破斗。
卖卜益昌市,①性命寄杯酒。②
骑马好事人,③金钱投瓮牖。④
一语不假借,意自有臧否。⑤
鸡肋乃安拳,未省怕嗔殴。⑥
坐此益寒酸,饿理将入口。⑦
未死且强项,那暇顾炙手。⑧
士节久凋丧,⑨舐痔甜不呕。⑩

求岂知道者？⑪议论无所苟。⑫
吾宁从之游，⑬聊以激衰朽。⑭

【注释】

① 卖卜：以卜卦为生。益昌：宋代县名，今废，故治在今四川广元西南昭化镇。
② 这句是说爱酒如命。
③ 好（hào，音浩）事人：对于某些事情感兴趣的人，这里指问卦者。
④ 瓮牖（yǒu，音友）：旧时穷人家用破瓮口做窗户，夏天通风透光，冬天堵死。这里指穷人家。
⑤ 这两句是说张求非常直爽，对来问卦的人，好就说好，坏就说坏。假借：犹虚伪。臧否（原读 zāngpǐ，音脏匹，这里因押韵，"否"仍读"缶"）：好坏。
⑥ 这两句是说张求宁可挨拳头，也不肯说假话。鸡肋：形容张求瘦弱的胸部。安：承受。未省：不知道。嗔：生气。
⑦ 这两句是说因此他就变得更加穷困，就要饿死了。坐：因。益：更。理：纹路。古代迷信，认为人脸上的皱纹关联到人的命运。延长到口部的纹，称为饿纹。饿纹入口，就会饿死。
⑧ 这两句是说张求只要活着，就要保持他刚强的性格，顾不上那些有钱有势的问卦人。东汉洛阳令董宣执法如山，得罪了光武帝的姐姐。光武帝要他叩头赔礼，董宣坚决不低头。光武帝也没有办法，只好"叱强项令出"（叫这位硬脖子的县令出去）。后人因以强项为刚直不阿的意思。炙手：烫手，指权势很盛。
⑨ 这句是说读书人长期丧失了气节。

⑩ 这句是讽刺那些不顾廉耻、趋炎附势的人。舐（shì，音氏，舔）痔：《庄子·列御寇》中有个寓言说，秦王生了痔疮，下令说，凡是来舐痔的，可以得到五乘车子，居然就有人来舐。
⑪ 知道者：懂得大道理的人。
⑫ 苟：苟且，随便。
⑬ 从之游：和张求做朋友。
⑭ 衰朽：衰败腐朽，这里指社会上庸俗卑劣的风气。

【品评】

在上诗中，江端友为读者刻画了一个有一定社会地位而品德却早已沦落的官吏；在本诗中，唐庚却塑造了一个生活在社会底层而禀性正直的迷信职业者。两相对照，十分鲜明地显示出有些表面上尊贵的人骨子里是何等卑污，而有些表面上卑污的人骨子里又多么尊贵。真是好看杀人！

卜卦算命，以定吉凶，当然是迷信。这种迷信也是依据唯心主义思维方式对客观事物作出不科学的解释，从而构成其体系的。但许多迷信职业者却连他们自己臆造出来的判断吉凶的规则或方式也不遵守，而一味逢迎主顾，报喜不报忧，这就更加不可取了。唐庚这首诗赞赏了张求卖卜，直道而行。挨骂也好，挨打也好，只肯照他的理解，说老实话，以至于没有生意，濒于饿死。诗人用大量篇幅写了这些事实之后，笔锋一转，随手带出士节之凋丧以作对比，再以赞赏张求作结，层次分明。只有深入生活而不是漂浮在生活表面的人，才有能力从一般人认为是平庸甚至卑污的事物中发现纯洁、真诚之美，并如实地将它反映出来。此诗可以证明这一点。

读这首诗还使我们很难忘记《史记·日者列传》中司马季主那一段议论。唐庚写此诗时想来胸中也有《日者列传》在。读者似不妨去翻翻。

惠 洪 (1071—1128)

字觉范,俗姓彭(或云姓喻),筠州(今江西高安)人。以医道受知于张天觉,乞得度牒为僧,住峡州天宁寺。未几,坐累为民。及天觉当国,复度为僧。出入郭天信之门。张、郭得罪,亦被决配朱崖(今海南海口)。后遇赦北归,居高安大愚山,卒。所著《石门文字禅》三十卷,今存。

瑜上人自灵石来,求鸣玉轩诗,会予断作语,复决堤,作一首①

道人去我久,② 书问且不数。③
闻余窜南荒, 惊悸日枯削。④
安知跨大海, 往返如入郭?⑤
譬如人弄潮,⑥ 覆却甚自若。⑦
旁多聚观者, 缩头胆为落。
僻处少过从,⑧ 闲庭堕斗雀。
手倦失轻纨,⑨ 扣门谁剥啄?⑩

开关忽见之,⑪ 但觉瘦矍铄。⑫
立谈慰良苦, 兀坐叙契阔。⑬
谁持稻田衣, 包此剪翎鹤?⑭
远来殊可念, 此意重山岳。
恫怛见无华, 语论出棱角。⑮
为余三日留, 颇觉解寂寞。
忽然欲归去, 破械不容捉。⑯
想见历千峰, 细路如遗索。⑰
相寻固自佳, 乞诗亦不恶。
而余病多语, 方以默为药。
寄声灵石山:"诗当替余作。"
便觉鸣玉轩, 跳波惊夜壑。⑱

【注释】

① 上人:和尚的敬称。灵石:山名,在浙江江山市区西南部,又名江郎山、须郎山。会:适,刚刚。断作语:停止说话,这里指不作诗。决堤:比喻控制不住自己的创作激情,犹言破戒。
② 道人:指和尚。魏晋六朝时代,称佛教徒为道人,道教徒为道士,后来才逐渐混淆。
③ 这句意思是说很少通音信。数(shuò,音硕):屡次。
④ 惠洪于政和元年(1111)被刺配朱崖,后赦还。这两句是说瑜

上人听到他放逐南方荒远之地，为之惊恐，怕他一天天地枯瘦了。削：瘦。
⑤ 郭：外城。
⑥ 弄潮：在翻腾的潮水中作技巧表演。
⑦ 覆却：翻了（船）。自若：自如，不在乎。
⑧ 僻处（chǔ，音楚）：在荒僻的地方居住。过从：交往。
⑨ 失轻纨：绢制的团扇从手中滑落。
⑩ 剥啄：敲门声。
⑪ 关：门。
⑫ 矍铄（juéshuò，音决硕）：形容老年人精神健旺。
⑬ 这两句是写久别重逢先立谈后坐叙的情况。良苦：古人相见时的慰问话，如现在说"辛苦了"。慰良苦是说自己以良苦一语慰问瑜上人。兀坐：端端正正地坐着。契阔：犹言聚散，引申以指久别之情。
⑭ 这两句是对瑜上人善意的玩笑话。稻田衣：和尚穿的一种上有像水田一般格子的衣服，又名水田衣，简称田衣。剪翎鹤：暗示瑜上人本是一位大有可为的人，如云中白鹤，而今只落得混迹空门，犹如鹤剪了翎。
⑮ 这两句说虽然由于瑜上人态度诚恳，想见其内心更无尘缘，但另一方面，则又觉其口角仍带锋芒，不尽忘怀世事。悃愊（kǔnbì，音捆必）：诚恳。无华：没有装饰，即返璞归真、不涉尘缘之意。棱角：犹锋芒。
⑯ 这句写留客不住，"捉"字下得非常生动。褐（gé，音革）：僧衣。破褐就是那件包着剪翎鹤的稻田衣。
⑰ 这句写瑜上人的归程，其所经过的小路，望过去就如一根丢下的绳索，即羊肠小道。

⑱鸣玉轩在灵石山中溪边,"闻水声,如鸣珮环",像柳宗元在《至小丘西小石潭记》中所写的,故以鸣玉为名。跳起的波声,震惊着夜间的溪沟,在诗人眼中,这声音便是鸣玉轩下之水在吟咏,而这也就是它为鸣玉轩题的诗。瑜上人真不该远道而来求自己作诗了。

【品评】

陈衍《宋诗精华录》评惠洪云:"工诗,古体雄健振踔,不肯作犹人语,而字字稳当,不落生涩。佳者不胜录。《宋诗钞》以为宋僧之冠,允矣。近体不如也。异在为僧而常作艳体诗,又嗜食荤,句云:'鱼虾才说口生津。'"陈氏所说,略见这位才华横溢又很不安分的和尚的一斑。

这首诗作于这位诗僧晚年从海南岛北归之后,他虽已戒诗,但碰上了好题目,却忍不住要开戒,重新抓起笔来。一般说来,佛教徒是戒妄语的,而作诗总不免有妄语,所以诗歌与佛法是有矛盾的。杜甫说"问法看诗妄",即是此意。但历代诗僧依然不少,这是因为他们首先是诗人,其次才是佛徒。惠洪写情诗,吃荤腥,两回还俗,万里投荒。这种种性格行为,使他的诗篇在云山烟水之中,自具一种若隐若现的非佛徒所应有的傲兀不平之气。在这篇诗中,他流露出的对自己过去遭遇的满不在乎,是容易看出的,但对同他气味相投的瑜上人,只用剪了翎的鹤来比喻其失志遁迹,以说话仍有锋芒来暗示其本性难改,就比较隐蔽了。这两位和尚虽然寂寞,依旧热肠,可以说是两块生姜,虽老仍辣。相聚三天,不知说了些什么,想来应该是很值得听的。

诗篇首写瑜上人之见怀,次写其来访,再写其言归,最后以送别作结。造语句句奇警,气势跌宕。最后四句可以说明诗人的职能无非是对大自然的虔诚模仿。但在这模仿中又不以人的意志为转移地注入了每位诗人独特的个性,从而显示出其不可重复的独特之美。

欧阳修《释秘演诗集序》称秘演为奇男子,因无所用而隐于佛,以寄其对诸多雄伟非常之士怀才不遇的感慨,正可与本篇参读。那篇情韵深婉的序,是可以作为一篇优美的散文诗来看的。

王庭珪 (1079—1171)

字民瞻,吉州安福(今属江西)人。政和八年(1118)进士,任茶陵丞,与上官不合,弃职隐居。绍兴中,因作诗赠上疏请斩秦桧的胡铨,被放辰溪多年。桧死,其事始解,放归时年近八十。孝宗时,召对内殿,赐国子监主簿。乾道六年(1170)复除直敷文阁。有《卢溪先生文集》五十卷,今存。

送胡邦衡之新州贬所① 二首选一

囊封初上九重关,是日清都虎豹闲。②
百辟动容观奏牍,几人回首愧朝班?③
名高北斗星辰上,④身堕南州瘴海间。⑤
不待他年公议出,汉廷行召贾生还。⑥

【注释】

① 胡邦衡:名铨,南宋初年著名的主战派政治家。新州:今广东新兴。
② 囊封:古代臣子上给皇帝的秘密奏章,都用囊装起,以防泄露,

也叫封事。清都：古代神话中天帝住的地方。据说清都共有九道门，由虎豹把守。闲：关起。绍兴八年（1138），胡铨上封事请斩欺君误国、主张向金投降的奸臣秦桧等。诗人以清都比朝廷，以虎豹比奸臣，说当封事上达九重关的那天，奸臣们都感到害怕，像那些阻止人们进入清都的虎豹被关住了。

③ 这两句说，许多人看到胡铨的奏牍，都紧张得变了脸色，但因为自己没有能像胡铨这样和奸臣斗争而在朝班中感到惭愧的，又有几个人呢？百辟：百官。动容：脸上变色。牍：纸未发明前用来写字的木片，这里指纸。朝班：朝廷上按次序排成的官员行列。

④ 这句赞美胡铨的声名比北斗星还崇高。

⑤ 这句是惋惜胡铨被贬。南州：指新州。瘴海：有瘴气的（恶性疟疾流行的）滨海地区。

⑥ 这两句是说，也许不要等候将来大家的公议出来，宋高宗就会将胡铨召回，正和汉文帝将一度被有权势的大臣排斥的贾谊重行召回朝廷一样。公议：公正的议论。

辰州僻远，①乙亥十二月方闻秦太师病，②忽蒙恩自便，③始知其死，作诗悲之

辰州更在武陵西，④每望长安信息稀。⑤
二十年兴缙绅祸，⑥一朝终失相公威。⑦

外人初说哥奴病,^⑧ 远道俄闻逐客归。^⑨

当日弄权谁敢指, 如今忆得姓依稀。^⑩

【注释】

① 辰州：治所在今湖南沅陵。王庭珪贬居辰溪，属辰州。僻远：指距当时都城临安而言。

② 乙亥：高宗绍兴二十五年（1155）。秦太师：秦桧。

③ 蒙恩自便：受到朝廷的恩准，可以自由行动，亦即解除了管制。

④ 武陵：指今湖南桃源。相传为陶渊明《桃花源记》中人民逃避秦朝虐政的地方。这里不但实指地理方位，而且以秦朝虐政比喻秦桧的陷害。自己远在辰溪，也是为了避"秦"。

⑤ 长安：本是汉唐故都，这里借指临安。

⑥ 秦桧于绍兴八年（1138）拜右仆射，同中书门下平章事兼枢密使，十二年加太师，从此集军政大权于一身近二十年。朝廷中许多反对他的忠臣义士被贬、被杀，所以这么说。缙绅：古代做官的人都垂绅插笏（手版），称为缙绅。缙，同"搢"，插。绅，下垂的腰带。

⑦ 相公：宰相的通称。

⑧ 哥奴：唐玄宗时奸相李林甫的小名。李林甫以口蜜腹剑著称，是导致天宝之乱的罪魁祸首。这里以比秦桧。

⑨ 俄：俄顷，很短的时间。逐客：指被秦桧诬害而遭贬谪的人。

⑩ 这两句是说秦桧当日气焰熏天，可是冰山一倒，一切权势也就随之消失了。元稹《连昌宫词》："弄权宰相不记名，依稀记得杨与李。"杨指杨国忠，李指李林甫。

【品评】

　　钦宗靖康二年（1127），金兵合围汴京，徽、钦二帝被掳，北宋政权灭亡。高宗在民众的支持下，重建汉族政权，保住了半壁河山。绍兴七年（1137），徽宗死于金国，高宗派王伦去迎还灵柩。王伦回报说，金人除了同意运返灵柩外，还愿意将高宗生母韦氏送回，并归还河南土地。宋朝信以为真，次年又派王伦为国信计议使前去申问（事实上是请求）。申问毫无结果，王伦却和金国的诏谕江南使一同来到南宋。高宗生怕他的大哥钦宗回来，抢夺他的皇位，便重用秦桧等投降派，一意主和。当时胡铨任枢密院编修，立即上封事，请求斩辱国求降的王伦、秦桧、孙近，却被指为凶悖，远谪新州。这事受到敌人的重视，为了得到这份文件的副本，不惜悬赏千金。当胡铨受祸时，一时士大夫都害怕受牵连，不敢开口，只有王庭珪作了两首诗送他，因此得罪，远走辰溪。在秦桧死后，王庭珪又有诗惋叹秦桧虽然专权卖国近二十年，到头来其权势终于被历史的车轮碾碎。不但可恨，同时也可悲。

　　透过王庭珪在不同时期写的这两首诗，我们可以了解到秦桧的本来面目以及他在以这位正直的诗人为代表的千万人民心中的地位。杜甫被尊为"诗史"，元稹评其诗说："怜渠直道当时语，不着心源傍古人。"恩格斯赞赏巴尔扎克的小说显示了当时法国社会的全部历史。这就是说，作家笔下典型化的事例，可以少总多，由表及里，使人从其中看出当时整个社会的风貌和人们的心灵活动。从而使众生相按照其本来面目永生在读者的思想感情里。文学并非历史，当然更不能代替历史，但它所产生的历史作用，也不是历史所能代替的。

汪 藻 （1079—1154）

字彦章，德兴（今属江西）人。崇宁二年（1103）进士，任婺州观察推官，历迁著作佐郎。高宗即位，召试中书舍人，拜翰林学士。绍兴中，升宝谟阁学士，旋为言者所论，谪居永州。博极群书，尤工四六，有《浮溪集》六十卷，今存。

即事二首

燕子将雏语夏深，①绿槐庭院不多阴。
西窗一雨无人见，展尽芭蕉数尺心。

双鹭能忙翻白雪，平畴许远涨青波。②
钩帘百顷风烟上，③卧看青云载雨过。④

【注释】

① 将雏：带着小鸟。

② 能、许：这样地，那般地。
③ 钩帘：将帘子卷起钩上。风烟：泛指广阔的空间。
④ 青云：乌云。

【品评】

  这是两首写夏天景物的诗。第一首写夏日已深，不从温度升高方面形容，却从母燕已经孵出雏燕，而且还能告诉雏燕，夏日已深，虽有绿槐，但并未能布满中庭使其感到阴凉种种涉想着笔，则物候自见。接下去，又是一转，不写夏日，却写夏雨，不写雨后之凉，却写无人察觉的芭蕉之长。这一动中见静的写法，也在读者意料之外。再者，三四两句，若写成散文，便是：一雨之后，芭蕉展尽数尺之心，而无人见到。同样，下一首的三四句则应写成：钩帘卧看，百顷风烟之上，有青云载雨飘过。我国古代诗歌，特别是今体律绝，具有严格的韵律。当语法与韵律发生矛盾无法统一的时候，诗人一般是迁就韵律而不顾语法的。

  第二首写转晴之后，雨意尚未全消。在一片茫茫水域之上，细则见双鹭这样地飞，大则见清波那样地涨。而这些景物虽有巨细之殊，却都是从上向下所见，而由下朝上一看，则在广阔无际、水天相接的空间中，正驶过雨云，可见雨是随时会来的。以卧游之人与载雨之云对照，物态动而人心静，这也就是俗语所说的"心静自然凉"。再者，今体诗通常以两个字构成一个音节单位。一句五言诗便由两个半音节组成，一句七言诗便由三个半音节组成。那半个音节通常放在句尾或五言的第三个字、七言的第五个字。但偶尔也有例外，如此诗的一二句，便要读作"双鹭／能／忙翻／

白雪,平畴／许／远涨／清波",而不能读成"双鹭／能忙／翻白／雪,平畴／许远／涨清／波"。这和上首三四句一样,都有些特殊。读者应加注意。

李清照 （1084—约1151）

号易安居士,济南人。李格非之女,赵明诚之妻。能文,尤工词。早岁生活美满。绍兴二年（1132）明诚死后,因避乱奔走各地以终。所撰《金石录后序》自述身世甚详。集佚,有今人辑本。

咏 史

两汉本继绍,新室如赘旒。①
所以嵇中散,至死薄殷周。②

【注释】

① 这两句是说东汉继承西汉,合理合法,王莽篡汉,就像赘旒。公元前202年,刘邦建立汉朝,定都长安。公元8年,王莽篡汉自立,国号新,23年,被汉兵推翻。25年,刘秀重建汉朝,定都洛阳。史家依时间次序称刘邦建立的汉朝为前汉,称刘秀

建立的汉朝为后汉，或依都城方位称前汉为西汉，后汉为东汉，合称两汉。继绍：继承。新室：即新朝。赘旒（zhuìliú，音坠流）：又作"缀旒"。赘，系。旒：旗子上的飘带。旗被人拿着，上面系的飘带也不能自由活动。比喻人君虽处尊位，并无实权。

② 三国后期，司马氏想篡夺曹魏政权。中散大夫嵇康就在其文章中表示反对商汤王革夏桀王的命，周武王革商纣王的命。这实质上就是反对司马氏，嵇康因此终于被杀。薄：看不起。殷：是指商朝。

【品评】

靖康元年（1126），北宋覆灭。次年，高宗在南京（即应天府，治所在今河南商丘南）重建汉族政权，改元建炎。就在这一年，金人立张邦昌为楚帝；建炎四年（1130），又立刘豫为齐帝，意图以这些傀儡政权来迷惑人民，但这些阴谋都以失败告终。作者在这篇小诗里将南宋继承北宋，比作东汉继承西汉，将伪楚、伪齐比作新室，并赞赏嵇康反对司马氏篡位的言论，都体现了她热爱祖国、反对侵略的感情。这篇诗有可能是从一篇长诗中摘取的四句，但表现了一个统一的意境，并无割裂之痕。因此，即使如此，也不妨将它当成一篇完整的作品来欣赏。

1931年，日本帝国主义侵占东北。次年，成立伪满傀儡政权。1935年，汉奸殷汝耕又成立所谓"冀东防共自治政府"。在那严峻的岁月里，国民党政权却仍然不力图抵御外侮，反而歌舞升平，纵情享乐。当时郁达夫先生在《青岛杂事诗》中写道："万斛涛头一岛青，正因死士义田横。而今刘豫称齐帝，唱破家山饰太平。"他赞扬了因不肯向刘邦臣服而自杀，又以自己的侠烈行为感召了他部下五百壮士的田横；同时，痛斥了在汉奸横行、国土沦丧时，仍然粉饰太平的南宋小朝廷。借古讽今，与李作一致。就艺术而论，它们以两个互不相涉的典故构成一篇完整的诗，是其所同，而李诗激烈喷薄，郁诗感慨苍凉，又各有其风格特色。

李清照是文学史上最杰出的女词人。她的诗笔清刚健拔，而且反映了许多重大的现实问题，与词异趣。大概古代多数作家，都注重文学题材与文学样式的配合，认为词宜于描写个人生活，不适合用来反映重大社会政治题材。李清照也持有这种看法。像这种具备独特见解和带有辛辣讽刺的咏史题材，她词中就没有出现过。如果我们评价这位作家，而将这类作品排斥在外，显然有失公道。

吕本中 （1084—1145）

字居仁，寿州（今安徽寿县）人。绍兴中赐进士出身，以其曾祖公著荫，补承务郎。累迁中书舍人，兼直学士院。后为秦桧所排，提举太平观，卒。所撰《东莱先生诗集》二十卷，外集三卷，今存。

兵乱后杂诗二十九首选二

万事多翻覆，萧兰不辨真。①
汝为误国贼，我作破家人。
求饱羹无糁，浇愁爵有尘。②
往来梁上燕，相顾却情亲。

蜗舍嗟芜没，③孤城乱定初。
篱根留弊屦，④屋角得残书。
云路惭高鸟，渊潜羡巨鱼。⑤

客来阙佳致,^⑥亲为摘山蔬。

【注释】

① 屈原《离骚》:"扈服艾以盈要(腰)兮,谓幽兰其不可佩。……何昔日之芳草兮,今直为此萧艾也!"兰和蕙是香草,象征好人。萧和艾是恶草,象征坏人。
② 这两句是说,无粮可以填饱肚子,无酒可以排遣愁怀。爵:古代一种三只脚的酒器,这里指酒杯。
③ 蜗舍:农村贫民所修形如蜗壳的圆形小屋。芜没:荒废。
④ 弊:同"敝",残破。屦(jù,音巨):古时用麻、葛等制成的鞋。
⑤ 陶渊明《始作镇军参军经曲阿作》:"望云惭高鸟,临水愧游鱼。"这两句袭用其意,以见自己在战乱中无可趋避之意。
⑥ 阙:同"缺"。佳致:好的款待。

【品评】

这一组诗载《东莱先生诗集》外集,共二十九首,方回《瀛奎律髓》选其五首,这里两首,是据《律髓》转录。

靖康元年(1126),金兵攻破北宋都城汴梁时,吕本中同天宝乱政中的杜甫一样陷于贼中。这一组诗,当是次年四月金兵掳走徽、钦二帝退出汴京以后所作,所以所写既多眼见,又出以痛定思痛之辞。杜甫的《春望》是陷贼时所写名篇。其云"国破山河在,城春草木深。感时花溅泪,恨别鸟惊心",极写诗人面对残破的帝国首都回忆往昔的失落感。四句诗只是集中表现一个意思,即它是一座空城（国破），所剩下的，只是自然景物（山河在）而已。吕本中却就兵乱后这一主题，从不同角度展示了在敌人铁蹄践踏之后人民的生活和心情。他显然从《春望》中受到启发，而其从多方面来写自己的所见、所闻、所感，则似取法于杜甫的《伤春》五首和《秦州杂诗》二十首。

吕本中是《江西诗社宗派图》的始作者，诗学黄庭坚、陈师道，也想跳出这两位江西派巨头的牢笼，而从李白、苏轼汲取营养。但他的这类诗不期而然地接近杜甫的风格。自杜甫出现以来，就很少有人不承认他是我国最伟大的诗人之一，而其对后代的影响更是无与伦比。这当然应该将他所使用的艺术形式本来就最流行、最富有生命力，还有他的艺术手段也承先启后，开辟了无数法门等等因素都加以考虑，才能说明，但似乎还要考虑到一点，即杜甫所生活的时代以及个人的遭际，在我国漫长的封建社会中，具有典型性，因而后世诗人很容易觉得自己与之相近乃至相同，从而感到学习这位前辈，不但是应当的，而且也是很方便的。方回总评此二十九首云："老杜后始有此。"纪昀总评《律髓》所选云："五首全摹老杜，形模亦略似之，而神采终不及也。"都很中肯。

陈与义 (1090—1138)

字去非,洛阳(今属河南)人。政和三年(1113),上舍及第,授开德府教授,累迁太学博士,擢符宝郎。绍兴元年(1131)迁中书舍人,拜吏部侍郎,旋为翰林学士,参知政事。后请闲,卒。有《简斋集》三十卷、词一卷,今存。白敦仁《陈与义集校笺》最为精善。

伤 春

庙堂无策可平戎,① 坐使甘泉照夕烽。②
初怪上都闻战马,③ 岂知穷海看飞龙!④
孤臣霜发三千丈,⑤ 每岁烟花一万重。⑥
稍喜长沙向延阁,疲兵敢犯犬羊锋。⑦

【注释】

① 庙堂:朝廷,政府。 平戎:指消除金朝入侵的祸害。
② 坐:因。 甘泉照夕烽:汉文帝时,匈奴入寇,烽火一直照到了离首都长安不远的甘泉宫,此喻金人入侵北宋首都汴京(今河

③ 上都：长安，这里借指汴京。
④ 穷海：海的尽头。飞龙：皇帝的代称，指宋高宗。建炎三年（1129），金人渡江南下，高宗曾由临安、明州（今浙江宁波）一直浮海逃到温州。
⑤ 孤臣：被冷遇的臣子，诗人自称。他从宣和六年（1124）被贬谪，作诗时还没有起用。霜发三千丈：形容愁多。李白《秋浦歌》："白发三千丈，缘愁似个长。"
⑥ 这句是说沦陷后的汴京每年景物依旧，然而人事全非。烟花：这里指汴京的景物。一万重：形容繁盛。杜甫《伤春》："关塞三千里，烟花一万重。"作者这里是有意地以杜句对李句。改李诗"白发"为"霜发"，也是为了与杜诗"烟花"作对。
⑦ 向延阁：指向子諲，字伯恭。他曾任直秘阁的官职。宋代秘阁相当于汉代宫廷藏书处延阁。建炎四年（1130），向曾在长沙阻击敌人。犬羊：对侵略者的贱称。

【品评】

这首诗是建炎四年诗人避兵邵州（今湖南邵阳）时所写，正是向子諲在潭州（今湖南长沙）进行了非常艰苦的保卫战之后。胡宏《向侍郎行状》载其事略云："敌知不可屈，大治攻具，悉众薄城。公登门誓众，激以忠义。将士协力，昼夜捍御。虽杀伤相当，而骁将皆死。凡八日而城破。公率军民入子城，巷战两日，敌纵火，烧延府舍，公犹在谯楼督战。敌兵已四合，兵民惧公之陷于敌也，拥公下楼，死战，焚敌栅，夺门以出。遂渡水，军于江西。长沙之人咸从公，以忠义自奋，无一降贼者。

敌以故不敢离城纵掠，留四日而遁。公即入城，锄治强蠹，抚安良善，上章以失守自劾。"以谪宦身份在流亡中的作者对当时的国家命运十分担忧，所以对虽然败北却敢于战斗的向子諲，仍然给予赞美。诗人的心情是复杂的，他不得不可又不甘心面对国破家亡的现实，这就形成了通篇沉郁顿挫的风格。首联平叙，谴责庙堂之无能是全诗主旨。次联写节节败退，政权南迁。颈联出以对比，人事全异而景物依然。这些事实确实令人伤感，但作者笔下并无颓靡衰飒之气。这就使结联的稍喜中透露着希望的曙光。

　　陈与义的诗是通过先对黄庭坚、陈师道进行学习，然后又逐渐摆脱他们的影响而接近杜甫，最后自成一家的。所以宋元之际的方回认为，杜甫是江西派的一祖，而黄及师道、与义为三宗。有人对此不以为然。一般说来，诗派的出现和形成，至少在我国古代，绝大多数是出于后人的探索，然后加以指目。它本身也就必然会随着后人的研究和理解而在内容上有所充实、变化和发展。方回根据严羽所说的陈与义"亦江西之派而小异"的意见，在研究杜甫以及被人指目为江西诗派的诸家作品之后，提出了"一祖三宗"之说。作为一家之言，当然其是非是可以讨论的，但若是认为被人归入某一流派的诸诗人，就只可以具有相同或相近的风格而忽视彼此之间发生的变异，从而否定其流派归属与传承，似乎也同样值得讨论。

怀天经、智老,因访之①

今年二月冻初融, 睡起苕溪绿向东。②

客子光阴诗卷里, 杏花消息雨声中。

西庵禅伯方多病, 北栅儒先只固穷。③

忽忆轻舟寻二子,④ 纶巾鹤氅试春风。⑤

【注释】

① 天经:姓叶,名懋。智老:即洪智,是一位和尚。

② 这句是说一夜之间,春水已涨,出门但见满溪绿水,都向东流。苕溪:河名,源出浙江省天目山,流经余杭、杭州、湖州等地,入太湖。

③ 这两句是写对两位友人的怀念。西庵:智老所居。北栅(zhà,音炸):天经所居。两处都在湖州东南九十里的乌镇。禅伯:精于佛学的人,指智老。儒先:儒生,精于儒学的人,指天经。固穷:安于穷困。

④ 这句是说忽然怀念智老、天经,因而乘轻舟去访问他们。这时作者住在青镇,与乌镇隔苕溪相对。青镇在溪东,乌镇在溪西。1950年5月,乌青两镇合并,统称乌镇,今属桐乡市。

⑤ 这句写将趁此春日出访,与首联相应。纶(guān,音官)巾:以丝带制成的一种头巾(帽子)。鹤氅(chǎng,音厂):以鸟类羽毛做的外衣。纶巾、鹤氅是六朝以来名士爱穿的服装。

【品评】

　　此诗第三四两句是陈与义的名句,曾为高宗皇帝所赏,因此得名。魏庆之的《诗人玉屑》亦将其列入宋朝警句。方回《瀛奎律髓》解释说:"以客子对杏花,以雨声对诗卷,一我一物,一情一景,变化至此。乃老杜'即今蓬鬓改,但愧菊花开',贾岛'身事岂能遂,兰花又已开'翻窠换臼,至简斋而益奇也。后山'老形已具臂膝痛,春事无多樱笋来'一联,极其酸苦,而此联有富贵闲雅之味。后山穷,简斋达,亦可觇云。"《诗人玉屑》还将这类句子称为"轻重对",举出王维"江流天地外,山色有无中"之以天地对有无,唐彦谦"独来成怅望,不去泥(读去声)阑干"之以怅望对阑干,杜甫"三分割据纡筹策,万古云霄一羽毛"之以割据对云霄,筹策对羽毛,李嘉祐"门临莽苍(读上声)经年闭,身远嫖姚几日归"之以莽苍对嫖姚等为例,以见其始于唐人。声与偶是我国古代文学形式的基本特征之一。韵文尤其注重音调和谐,对仗工稳。但在和谐工稳已经成为普遍现象之后,作家们又自然而然地依据求变求新的通则,在一定程度上突破这种和谐与工稳,于是律诗的音调中便出现拗体,对仗中便出现以虚对实、以轻对重、以情对景、以我对物等种种变化,以期使人耳目一新。宋诗属对,已不完全注意字面上的工整精美,而更着重于上下句之间的内在关联。而这种对法的出现,显然也与此不无关系。即如陈与义此联,上句写客中无聊,唯有吟咏送日,下句则写一个初春清冷的境界来衬托,就显得一我一物,一情一景,水乳交融。至于客子与杏花,诗卷与雨声之是否的对,则宁可有意地给以忽视了。

和张规臣水墨梅五绝①

巧画无盐丑不除,此花风韵更清姝。②
从教变白能为黑,桃李依然是仆奴。③

病见昏花已数年,只应梅蕊固依然。④
谁教也作陈玄面,眼乱初逢未敢怜。⑤

粲粲江南万玉妃,⑥别来几度见春归。
相逢京洛浑依旧,惟恨缁尘染素衣。⑦

含章檐下春风面,⑧造化功成秋兔毫。⑨
意足不求颜色似,前身相马九方皋。⑩

自读西湖处士诗,⑪年年临水看幽姿。
晴窗画出横斜影,绝胜前村夜雪时。⑫

【注释】

① 张规臣:字元东,陈与义的表兄。他为一位人称花光仁老的和

尚所画的墨梅题了诗,这是陈的和作。

② 这两句是说一个女人长丑了,即使再画得巧妙些,也不能将其丑除掉,可是,仁老笔下的水墨梅,虽然不红不白,其风韵却分外别致。无盐:战国时齐国的一位妇女,姓钟离,名春。因是无盐(今山东东平东)人,后人也就称她为"无盐"。她容貌丑陋,但有德行,后被宣王立为王后。清姝(shū,音舒):清秀而美丽。

③ 这两句是说,在画家笔下,虽然梅花由白的变成了黑的,但桃花李花无论多么鲜艳媚俗,依然只能算是梅花的奴仆。中国人民从古以来,就尊崇气节,赞赏坚贞,而鄙视趋炎附势。所以认为能抵抗严寒的松、竹、梅是岁寒三友,而逢春暖就开放的夭桃秾李,在品格上却不如它们。从教:纵使。从,同"纵"。

④ 这两句是说,多年病眼,视物模糊,想来只有白梅花还是照旧可以看得清楚。

⑤ 这两句是说哪知白梅已变成了黑色,最初相逢,不敢相爱。陈玄:墨。韩愈在游戏文章《毛颖传》中为墨取名陈玄。怜:爱。

⑥ 粲粲:鲜明的样子。玉妃:比喻白梅花。

⑦ 西晋陆机《为顾彦先赠妇》:"辞家远行游,悠悠三千里。京洛多风尘,素衣化为缁。"这两句是为仁老画的不是白梅而是水墨梅作出解释,想象这是玉妃由江南客游京洛,而京洛风尘太多,以致她们所穿白衣也变黑了。京洛:西晋当时的京城洛阳。缁(zī,音兹):黑色。素:白。

⑧ 这句是以美艳的宫女比喻所画墨梅。也许所画是以宫殿作为背景,即所谓宫梅。含章:汉代长安宫殿名。春风面:美丽的脸。

⑨ 这句是说在画家笔下,成功地再现了大自然的景象。造化:创

造，化育，也指天地、自然界。秋兔毫：指笔。秋天的兔毛极细，称为秋毫，适于制笔。
⑩ 这句是说仁老是九方皋转世投胎，即赞美仁老之画梅，正如九方皋之相马。九方皋：春秋时代一位善于相马的人。伯乐把他介绍给秦穆公，穆公令他去找好马。三个月后，九方皋回报说："已经找到了，是一匹黄色的母马。"使人去牵，却是一匹黑色的公马。穆公就将伯乐叫来，说："糟极了，你派去找马的那个人连毛色、雌雄都分不清楚，怎么能识别马的好坏呢？"伯乐叹息地说："竟然到了这种程度吗？可真是胜我千倍万倍。他注意的是马的'天机'，看到的是精而不是粗，是本质而不是外形啊！"后来果然发现，那是一匹了不起的好马。（见《列子·说符》）
⑪ 西湖处士诗：指林逋《梅花》两首，其中"疏影横斜水清浅，暗香浮动月黄昏"及"雪后园林才半树，水边篱落忽横枝"两联，自来被推为杰作。林逋长期隐居杭州西湖中的孤山，故称之为"西湖处士"。处士是不做官的读书人的通称。
⑫ 这两句是赞美仁老所画水墨梅悬挂在晴窗之上，非常逼真，甚至胜过林逋诗中所写的雪夜梅花。

【品评】

  这组诗写于政和八年（1118），作者仅二十九岁。宋人曾敏行《独醒杂志》云："花光仁老作墨花，陈去非与义题五绝句。徽庙（徽宗）见而喜之，召对擢用。画因诗重，人遂尚此画。"仁老即超然和尚，字仲仁，住持衡山花光寺，故人称之为花光仁老。其墨梅为世所重，亦见于黄庭坚、秦观诸人的诗集中。

我国古代绘画是注意着色的，故以丹青为绘画的代称。但当作者和观者不满足于表面上的形似，进而追求精神上的神似之后，使表现力更得以充分发挥的水墨画便出现了。相传为王维所作之《山水诀》云："夫画道之中，水墨最为上。肇自然之性，成造化之功。"此语或非出自王维，但却可认为是南宗画以水墨作山水的一种理论。这种不拘形式但求意趣的倾向使绘画诗化，从而形成文人画。苏轼云："论画以形似，见与儿童邻。作诗必此诗，定知非诗人。"更鲜明地提出了作画吟诗突破形似，不但没有削弱，反而能够扩充想象力，增强表现力，取得更强的艺术效果这一观点。

陈与义这五首诗，既是对花光仁老艺术成就的赞叹，也是对水墨画作出的美学解释。其云"意足不求颜色似，前身相马九方皋"，很精辟地指出了客观世界中虽无墨梅，但画家创作墨梅也无妨，反映了我国古典美学中"迁想妙得""离形得似"的追求，即艺术家（也包括有鉴赏力的读者）承认：为了赋予创作以更丰富的生命力，个人有充分发挥各自想象力，创造性地、不拘形迹地模仿自然，由形似而达到形神兼备，再上升到遗貌取神的境界的权利。这组诗就是一个著名的例子。它备受青睐，迄今不衰，正证明了仁老的画、陈与义之诗与读者的视野是融合无间的。

刘子翚 (1101—1147)

字彦冲,崇安(今属福建)人。父韐(音革),汴京沦陷,出使金营,金人迫降,自缢殉国。子翚曾一度通判兴化军,寻辞官讲学。宋代著名道学家朱熹乃其弟子。有《屏山集》二十卷,今存。

汴京杂诗二十首选四

帝城王气杂妖氛,① 胡虏何知屡易君。②
犹有太平遗老在, 时时洒泪向南云。③

内苑珍林蔚绛霄,④ 围城不复禁刍荛。⑤
舳舻岁岁衔清汴,⑥ 才足都人几炬烧。⑦

空嗟覆鼎误前朝,⑧ 骨朽人间骂未销。
夜月池台王傅宅, 春风杨柳太师桥。⑨

辇毂繁华事可伤,⑩ 师师垂老过湖湘。⑪

缕衣檀板无颜色,⑫ 一曲当时动帝王。

【注释】

① 王气：象征帝王运数的祥瑞之气。妖氛：妖异不祥之气。这句是指金人攻占了汴京。

② 这句是说金人哪里知道人心归向赵宋王朝，因此屡次更换君主。胡虏：对金人的贱称。何知：岂知。屡易君：金人占领汴京后，曾企图建立傀儡政权，作为统治中原人民的工具，先后立张邦昌为楚帝，刘豫为齐帝，皆未得逞。

③ 这两句是指沦陷区那些在北宋太平日子里生活过的遗民，为向往南方新建的南宋政权而不禁流泪。南云：南天，南方。

④ 徽宗为了享乐，曾派官吏专门到各处搜采奇花异石，经汴河运到汴京，用来装修了一座极好的御园，称为万岁山，又名艮岳。其中最壮丽的建筑是绛霄楼。内苑：指艮岳。蔚：草木茂盛貌，这里作动词用。这是说艮岳中的绛霄楼为无数珍贵的树木所围绕、簇拥。

⑤ 靖康元年（1126）闰十一月，汴京被围，宋人从万岁山上打下石块作为炮石去抵抗金兵。十二月底，汴京沦陷，天冷多雪，宋人就将这座内苑中的房屋拆掉，树木砍光，去当柴烧。刍荛（chúráo，音除饶）：打柴的人。

⑥ 舳舻（zhúlú，音竹卢）：舳本指船的尾部，舻本指船的头部。这里舳舻即作为船的代称。衔清汴：一条船接着一条船，在清澈的汴河中航行。

⑦ 都人：京城中的老百姓。

⑧ 这句是说回想北宋覆灭的因由，唯有空自叹息。《易经·鼎卦》中有"鼎折足，公覆悚（sù，音素）"的话。鼎是三或四只脚的铜制食器。公是居上位的人。覆是打翻。悚是盛在鼎中的羹汤。覆鼎：比喻大臣失职。前朝：指北宋。

⑨ 这两句是说王、蔡两人虽已死去，却留下了风景幽美的府第供人唾骂。（蔡京的住宅已在靖康元年围城中被烧，诗中太师桥是指其遗址。）王傅：官封太傅楚国公的王黼（fǔ，音甫）。太师：官封太师鲁国公的蔡京。两人都是当时当权的奸臣，在汴京各有广大的府第。

⑩ 辇毂（niǎngǔ，音碾谷）：辇是皇帝乘的用人力拉动的车，毂是车轮的中心，代称车轮。古人称京城为辇毂下，意即皇帝行动的地方，简称辇毂或辇下。这里指汴京。

⑪ 师师：李师师，徽宗所宠爱的妓女。汴京沦陷后，她曾逃亡到了浙江、湖南（湖湘）等地。

⑫ 这句是用缕衣檀板指李师师的姿容和技艺。缕衣：即金缕衣，用金线绣成的衣服。檀板：唱歌时用的檀木拍板。

【品评】

在古代，一些哲学家常要排斥文学，中外皆然。希腊柏拉图主张把诗驱逐出理想国，宋儒程颐说作文害道，诗乃无用之赘言。但人类的思维和情感又确实是极为复杂的，就是这位程颐就有如下两则互相矛盾的逸事。袁文《瓮牖闲评》："程伊川（颐）一日见少游（秦观），问：'"天若有情，天也为人烦恼"，是公词否？'少游意伊川赏之，拱手逊谢。伊川云：'上穹尊严，安得易而侮之？'少游惭而退。"邵博《邵氏闻见后录》："伊川闻诵晏叔原（几道）'梦魂惯得无拘检,又踏杨花过谢桥'长短句,笑曰:'鬼语也。'意亦赏之。"这位道学先生对秦观词的指摘严肃而迂腐得近乎无理取闹,而对晏几道词的叹赏,却又使人觉得他还是一个有血有肉的人,有时在生活魅力的进攻下,也会解除禁欲主义的武装。

刘子翚《宋史》入儒林传,《宋元学案》将其列入"伊川私淑",即虽未身受程颐之教,却是极仰慕程颐之人。可是和程颐不同,刘子翚更富于诗人气质,与其说他是道学家中的诗人,不如说他是诗人中的道学家。朱熹是他的学生,深受他的影响,也曾写出一些辞意清新的诗,在许多像有韵语录的道学诗中,发出稀有的光彩。

《汴京杂诗》二十首,在当时就传诵颇广。从语气上看,这组诗是靖康乱后,回思往事,痛定思痛之作。每一首写一事,合起来便成为这一重大历史事件的连续画卷。入选的这四首,其一是写沦陷区遗民在敌寇统治下难忘故国之情。其二写徽宗劳民伤财,穷奢极侈,造成艮岳,到头来却落得如此下场。其三写祸国殃民的权奸王、蔡永远被人民钉在历史的耻辱柱上。其四通过一位歌伎的生活变化,反映出兴衰之感。与杜甫《江南逢李龟年》同意。杜诗云:"岐王宅里寻常见,崔九堂前几度闻。正是江南好风景,落花时节又逢君。"与此诗相较,似更沉郁。又朱敦儒《鹧鸪天》云:"唱得梨园绝代声,前朝惟数李夫人。自从惊破《霓裳》后,楚奏吴歌扇里新。 秦嶂雁,越溪砧。西风北客两飘零。尊前忽听当时曲,侧帽停杯泪满巾。"所写同是一人,正好与此诗合读,互证。

岳 飞 (1103—1142)

字鹏举,汤阴(今属河南)人。曾为佃农,后投身行伍,刻苦力学,英勇善战,曾佐宗泽守汴京,为留守司统制。绍兴十年(1140)加少保,在河南大败金兵,进军朱仙镇。秦桧承高宗私意,力主议和。一日之内发金牌十二道强令退兵。次年十二月,被以"莫须有"(或许有)的谋反罪杀害。后人辑其遗文为《岳忠武王集》,今存。

池州翠微亭①

经年尘土满征衣,特特寻芳上翠微。②
好水好山看不足,③马蹄催趁月明归。④

【注释】

① 池州:今安徽贵池。翠微亭:在贵池南齐山顶上。唐杜牧《九日齐山登高》:"江涵秋影雁初飞,与客携壶上翠微。"亭名本此。翠微本指远山轻淡的青色,也借以指山。
② 特特:马蹄声。
③ 看(读平声)不足:看不够。
④ 月明:月光。

【品评】

　　刘勰在《文心雕龙·体性》中首先提出了个性与文风一致的命题。他认为："才力居中，肇自血气。气以实志，志以定言，吐纳英华，莫非情性。"接着还举一些名家为例，如"贾生（贾谊）俊发，故文洁而体清。长卿（司马相如）傲诞，故理侈而辞溢"或"嗣宗（阮籍）俶傥，故响逸而调远。叔夜（嵇康）俊侠，故兴高而采烈"之类。这种意见是有事实依据的，因而也是可信的。但另一方面，个性与文风之间也有不完全一致的时候，因为这两者虽然都有一定的凝固性，但又不是一成不变的。它们大体上相对应，但在特定的情况下也会出现分歧。唐皮日休《桃花赋》序云："余尝慕宋广平（宋璟）之为相，贞姿劲质，刚态毅状，疑其铁肠石心，不解吐婉媚辞。然睹其文而有《梅花赋》，清便富艳，得南朝徐庾体，殊不类其为人也。"这是常常被人提及的一个著名事例。

　　岳飞这位爱国英雄并不以文辞见长，在传世的少数作品中，散文如《五岳词盟记》、词如《满江红》，风格皆激烈喷薄，忠愤之气，跃然纸上，与其坚贞刚毅的个性相与一致。但如这首小诗却显示了戎马生涯中的闲情逸致，对祖国大好山河一草一木的眷恋之情，显示了他个性与文风的另外一面。这位将军还有一首《小重山》词云："昨夜寒蛩不住鸣。惊回千里梦，已三更。起来独自绕阶行。人悄悄，帘外月胧明。　白首为功名。旧山松竹老，阻归程。欲将心事付瑶筝。知音少，弦断有谁听？"陈郁《藏一话腴》："武穆（岳飞的冤狱在孝宗时平反，复原官，谥武穆王）《贺讲和赦表》云：'莫守金石之约，难充溪壑之求。'故作词云：'欲将心事付瑶筝。知音少，弦断有谁听？'盖指和议之非也。又作

《满江红》，忠愤可见。其不欲'等闲白了少年头'，足以明其心事。"陈郁的话很有见解，但两首词的风格完全不同。这也可以说明，风格的主导面与风格的多样性往往并存。如果忽视这种情况，将使我们对作家作品的理解简单化。

陆 游 （1125—1210）

字务观（读去声），山阴（今浙江绍兴）人。绍兴二十四年（1154）试礼部，名列前茅，因论恢复，被秦桧黜落。孝宗立，赐进士出身，任枢密院编修，后为建康（今江苏南京）、镇江等地通判。王炎为四川宣抚使，辟游入幕。范成大帅蜀，游为参议官。不拘礼法，人讥其颓放，因自号放翁。宁宗嘉泰三年（1203）修孝宗、光宗两朝实录成，升宝章阁待制，致仕。所著《渭南文集》五十卷、《剑南诗稿》八十五卷，今存。诗稿有钱仲联注本。

长歌行

人生不作安期生，　醉入东海骑长鲸；①
犹当出作李西平，　手枭逆贼清旧京。②
金印煌煌未入手，　白发种种来无情。③
成都古寺卧秋晚，④　落日偏傍僧窗明。⑤
岂其马上破贼手，　哦诗长作寒螀鸣？⑥
兴来买尽市桥酒，⑦　大车磊落堆长瓶，⑧
哀丝豪竹助剧饮，⑨　如巨野受黄河倾。⑩
平时一滴不入口，　意气顿使千人惊。⑪

国仇未报壮士老,　匣中宝剑夜有声。⑫

何当凯旋宴将士,　三更雪压飞狐城。⑬

【注释】

① 安期生：古代仙人，传说秦始皇曾和他交谈。次句借用杜甫诗《送孔巢父归江东，兼呈李白》中"巢父掉头不肯住，东将入海随烟雾"及"若逢李白骑鲸鱼，道甫问信今何如"等句。

② 以上四句是说人生在世，不能修道成仙，就该为国破敌。李西平：名晟（shèng，音胜），唐德宗时名将，封西平郡王。建中四年（783），朱泚（cǐ，音此）叛，据长安；兴元元年（784），李晟收复长安，泚被杀。枭（xiāo，音消）：枭首，杀头后高挂在木杆上。逆贼：本指朱泚，此喻金人。旧京：本指长安，此喻汴京。

③ 这两句是说功业未建，年齿已衰。金印：古代文武大臣所佩黄金印信。煌煌：光辉貌。种种：短貌。

④ 孝宗淳熙元年（1174），陆游五十岁。这年秋冬间，他客居成都多福院。诗即作于此时。古寺：指多福院。

⑤ 这句象征诗人心情的寂寞和对生命的留恋，有李商隐"夕阳无限好，只是近黄昏"（《登乐游原》）及"人间重晚晴"（《晚晴》）之意。

⑥ 这两句是说难道这位能骑马破贼的人，就只好老是吟诗像寒蝉那么叫吗？哦：吟咏。寒螀（jiāng，音江）：一种体型较小且呈青红色的蝉。

⑦ 兴来：高兴起来。市桥：成都濯锦江上的一座桥。

⑧ 磊落：错落不齐的样子。

⑨ 哀丝豪竹：动听的管弦乐。哀犹言悲，豪犹言壮。古人论乐，以悲哀为美。剧饮：痛饮。

⑩《史记·河渠书》载：汉武帝元光年间（前134—前129），黄河从瓠子决口，水向东南，注入巨野泽。这句是形容痛饮，有如黄河决口，注入巨野。

⑪ 顿：即时。

⑫ 匣：指剑鞘。传说宝剑通灵，能够自己发出声音来表示斗志或警戒。

⑬ 这两句表示诗人的希望：什么时候部队能够大胜而归，哪怕是三更下着大雪到达飞狐城，也要即时大摆庆功宴。飞狐：县名，今河北省涞源县。这里用来泛指边境要隘。

【品评】

生活在南北宋之交的作家，很少有不在自己的创作中反映汉族与女真族的斗争的。但始终将这一主题像一根红线贯彻在全部创作中的，词中只有辛弃疾，诗中只有陆游。他们那些反对侵略，反对偏安，不断地号召广大人民起来和敌人战斗的充满激情的诗篇，无论在抵抗国内民族压迫还是近代帝国主义侵略的斗争中，都起过巨大的鼓舞作用。近人梁启超在《读陆放翁集》中写道："诗界千年靡靡风，兵魂销尽国魂空。集中什九从军乐，亘古男儿一放翁。""辜负胸中百万兵，百无聊赖以诗鸣。谁怜爱国千行泪，说到胡尘意不平。"这种评价是大家所同意的。

孔子说："《诗》可以怨"。司马迁说："《诗》三百篇，大抵圣贤发愤之所为作也。"又说："屈平（屈原）之作《离骚》，盖自怨生也。"这是由于诗人们常会看见在现实生活中已经存在或者预见还处在萌芽状态中的问题,从而产生忧患意识,感到怨愤,发为牢骚。应当注意的是:如果只是怨愤牢骚,却缺少应当与之并存的信心和责任感,则只能导致消沉;反之,如果随同牢骚出现的不是消沉而是希望,就会给读者以鼓舞和教育了。陆游发了一辈子牢骚,这种牢骚痛苦地折磨着诗人的心灵,但同时,希望的火焰也在他心中不停息地熊熊燃烧着。这首诗就是很好的例证。它意态英伟,风格清壮,笔势顿挫,确是一篇杰作。

五月十一日,夜且半,梦从大驾亲征,尽复汉、唐故地。见城邑人物繁丽,云"西凉府也"。喜甚,马上作长句,未终篇而觉,乃足成之[①]

天宝胡兵陷两京,[②] 北庭安西无汉营。[③]
五百年间置不问,[④] 圣主下诏初亲征。[⑤]
熊罴百万从銮驾,[⑥] 故地不劳传檄下。[⑦]
筑城绝塞进新图,[⑧] 排仗行宫宣大赦。[⑨]
冈峦极目汉山川,[⑩] 文书初用淳熙年。
驾前六军错锦绣, 秋风鼓角声满天。[⑪]

苜蓿峰前尽亭障,⑫ 平安火在交河上。⑬

凉州女儿满高楼, 梳头已学京都样。

【注释】

① 大驾:御驾,皇帝的车马。 西凉府:今甘肃武威,即诗中的凉州,其时早被西夏占领。 长句:七言诗的别名。

② 这句是指天宝十四载(755),安禄山叛变,先后攻陷唐帝国东都洛阳和西都长安。

③ 北庭、安西:唐代设置的两个都护府,前者是汉代乌孙国故地,后者是汉代龟兹国故地。 唐贞元时代,两都护府先后被吐蕃侵占。

④ 五百年:本诗作于淳熙七年(1180),上距天宝十四载,计四百二十五年,说五百年,是举整数。

⑤ 圣主:指宋孝宗。

⑥ 熊罴:这里用来作武士的代称。 銮驾:即大驾。 銮:一种铃铛,用来悬挂在车驾上。 皇帝的车子上有八个銮铃。

⑦ 这句是说只要檄文传到原来的领土上,那地方就可以拿下来,不用费事。 檄:在这里指具有宣告性质的文书。

⑧ 绝塞:极远的边塞。 这里指唐北庭、安西两都护府原来的辖区。新图:新绘制的筑城图样。

⑨ 排仗:排列仪仗队。 宣大赦:由于国家收复失地,取得重大胜利,所以宣布大赦。

⑩ 极目:望到尽头。

⑪ 这两句形容进驻部队服装华美,声威显赫。周制,天子有六军。错:交错。错锦绣:穿着各色各样华美的服装。
⑫ 苜蓿峰:"峰"当作"烽",故址当在于祝(今新疆乌什)境之胡芦河附近。亭障:国境上的碉堡、瞭望哨。
⑬ 平安火:晚上在固定地点和时间燃起,用来报告前线平安无事的烽火。唐制,边境上每三十里置一烽堠,平时每夜举烽一炬,称平安火。交河:今新疆吐鲁番西,源出天山。唐安西都护府的治所就在那里。

【品评】

陆游生于宣和七年(1125),次年即遭靖康之祸。而写此诗时,他已五十六岁了。在这半个多世纪的艰难岁月中,南宋偏安政权总算是保全下来,并且站稳了脚跟,这是很不容易的。孝宗即位之后,有志恢复,加之朝廷对金政策也略有不同,这使陆游看到了一线曙光,因而写下这首诗。

其中洋溢着渴望故国兴复的激情和飞腾美好的想象,而广大人民无比深厚的反侵略反压迫的精神,则是诗人激情和想象的根源。结尾以人民生活中一个细小的变化,反映出政治局势的根本改观,有"一粒粟中藏世界"之妙,非深于观察生活和工于表现生活者不能。此诗,用一般的文学术语说,是用浪漫主义手法写成的。现实主义和浪漫主义这两种手法,虽然在具体作品中不无偏重,但对一位伟大作家来说,则经常是互相结合,相须而成,很难截然分开的。

登赏心亭^①

蜀栈秦关岁月遒,^② 今年乘兴却东游。

全家稳下黄牛峡,^③ 半醉来寻白鹭洲。^④

黯黯江云瓜步雨,^⑤ 萧萧木叶石城秋。^⑥

孤臣老抱忧时意, 欲请迁都泪已流。^⑦

【注释】

① 赏心亭:故址在建康西秦淮河边,原江宁县西下水门城上。陆游于乾道六年(1170)入蜀,先在夔州(今四川奉节),后来调到南郑(今属陕西)工作,又改官成都,直到淳熙五年(1178)才被召回临安。这篇诗是他经过建康时所作。

② 这句是说在蜀、秦两地消磨了许多岁月。蜀栈:四川北部的栈道。栈道,又名阁道、栈阁,一种在山边悬空架木以通行人的交通设施。秦关:陕西前线的关塞。遒(qiú,音求):尽。

③ 黄牛峡:在今湖北宜昌西,南岸高崖有石,如人负刀牵牛,人黑牛黄,故名。

④ 白鹭洲:在今南京西南江中。

⑤ 瓜步:山名,在今江苏南京六合区。

⑥ 石城:即石头城,在今江苏南京城西。

⑦ 这两句是回想前事,不胜感慨。孝宗隆兴元年(1163),宋金和议将成,陆游上疏,反对以临安为都城而赞成以建康为都城,其中说:"江左自吴以来,未有舍建康他都者。……驻跸临安,

出于权宜,本非定都。以形势则不固,以馈饷则不便,海道逼近,凛然常有意外之变。"这个正确的意见,并没有被采纳,而第二年,却反因议论朝廷有人"招权植党",触怒孝宗,出任建康府通判。诗人作此诗时,重到建康,已经过了十多年。

夜登千峰榭①

夷甫诸人骨作尘,至今黄屋尚东巡。②
度兵大岘非无策,收泣新亭要有人。③
薄酿不浇胸垒块,④壮图空负胆轮囷。⑤
危楼插斗山衔月,⑥徙倚长歌一怆神。⑦

【注释】

① 千峰榭:在严州(今浙江建德)。
② 这两句是说那些误国的大臣们的骨头都已化为泥土了,但他们所造成的政治恶果仍然存在。夷甫:即王衍,夷甫其字,西晋时任尚书令、司徒等大官,喜欢清谈,不理国政,终于导致西晋王朝的覆灭。临死才感到后悔。后来东晋桓温也说:"遂使神州陆沉,百年丘墟,王夷甫诸人不得不任其责。"这里以王夷甫等喻北宋末年那些使国家陷于危亡的大臣们。黄屋:皇帝所乘以黄绸为盖的车子。东巡:指高宗渡江,建立南宋政权。巡,皇帝外出视察。
③ 大岘(xiàn,音县):山名,在今山东临朐县东南。东晋末年,

刘裕北伐慕容超，设法通过了这个险要地区，因而取得胜利。新亭：故址在今江苏南京南，是东晋初年过江的上层人物的一个游宴胜地。《世说新语·言语》载：有一次，周颛在座中慨叹说"风景不殊，正自有山河之异！"许多人都为这话所感动，哭了起来。只有王导沉痛地说："当共戮力王室，克服神州，何至作楚囚相对？"大家就不哭了。这两句是说在军事上并非没有打败金兵的办法，重要的是，要在思想上有收复失地的决心。

④ 这句是说饮酒不足消愁。薄酿：淡酒。王忱曾经评论阮籍说："阮籍胸中垒块，故须酒浇之。"垒块：指勃郁不平之气。

⑤ 这句是说虽有壮图而无从实现，白白地辜负了忠肝义胆。壮图：宏伟的计划。轮囷：大貌。

⑥ 危楼：高楼，指千峰榭。衔：含。夜深则北斗星的斗柄朝下，好像插在危楼上。

⑦ 最后这两句点明登榭以后，徘徊很久，直至夜深，感慨赋诗。徙倚：徘徊。长歌：指本诗。怆神：伤心。

【品评】

　　以上两首登临之作合起来读，对我们很有启发。《登赏心亭》一首前写宦游远方多年才得东归的欣快之情；后则写登临之时，回忆前尘，忧时痛泪却不由自主地涌出，情随事迁，转换无痕。五六两句，触景生情，以景足情，恰好作为过脉，布局很见匠心，不独"意极沉着，词亦健拔"（高步瀛《唐宋诗举要》语）而已。《夜登千峰榭》写登临胜地时的忧国之情，和《登赏心亭》同，而前者着重写多年游宦的行踪，这篇则着重写前史兴亡的往事，借以抒发自己的孤愤。而对当前景物不着重渲染，则是一样。凡是登临之作，或以模山范水为主，将景物描绘得栩栩如生；或以对景抒情为主，将自己的心思向读者倾诉。这两首诗属于后者。

临安春雨初霁①

世味年来薄似纱，谁令骑马客京华。②
小楼一夜听春雨，深巷明朝卖杏花。
矮纸斜行闲作草，③晴窗细乳戏分茶。④
素衣莫起风尘叹，犹及清明可到家。⑤

【注释】

① 临安：即杭州，南宋都城。
② 这两句是说隐居家乡，用世之心已淡，没想到朝廷又要自己出来做官。世味：世情。令（líng，音陵）：使。骑马客京华：古代富贵人骑马，贫贱人骑驴。说骑马，暗示自己又被召做官。淳熙十三年（1186）春，陆游奉命权知严州事，到任之前，先到京城临安办理手续。
③ 矮纸：短纸，古人写字的纸卷成卷子，所以不说小纸而说矮纸。作草：写草书。东汉大草书家张芝曾认为写草书应比写楷书慢些，只在闲空时才能写。这里说闲作草，是暗示客居无事。
④ 细乳：古人将茶饼研磨成为细末，然后煎来吃，细末一煎，便

浮在水面，称为乳花，或简称乳。分茶：宋人饮茶时的一种游艺，今已失传。

⑤这句借用陆机"京洛多风尘，素衣化为缁"两句诗，连同下句意思是说，不久即可回家，不必慨叹京城官场中的风气会污染了自己。素衣：白衣。

【品评】

　　这首诗反映了诗人对于官场生活的厌倦心情，这当然是和他壮志难酬、心情抑郁分不开的。次联使我们想起陈与义的名句"客子光阴诗卷里，杏花消息雨声中"，虽然陈诗上句的意境，在陆诗中是通过全篇而展现的，而陆诗上下句之间，存在着明显的因果关系，也自不同。

　　这首诗还体现了陆游诗内容的另外一个主要方面，即他除了以忠义慷慨之怀写报国雪耻之志，取得极大的成功之外，还善于以闲适的心情，细致的手法，曲曲传出士大夫日常生活的情趣。这也同样赢得了大量读者的爱好。从南宋以后，陆诗的这两个方面，往往因各个时代社会状况的不同，而使读者有不同的选择。在外敌侵凌，国势危殆的时候，人们自然会从陆游的爱国主义篇章中汲取力量；而当生活安定的年代，人们又很容易爱好如本篇这样工巧而亲切、富于生活气息的诗。

　　分茶是宋代流行于社会上层的一种烹茶游艺，当时是和下围棋、写草书、弹奏乐器并列的。这种风气甚至还流入金国的宫廷。《光明日报》1987年3月28日第4版曾载浩耕先生《宋代的分茶》一文可资参证，今摘录如次："分茶在宋代是玩得比较普遍的，宋人诗词中吟咏到分茶的颇多。王之道有《西江月·和董令升燕宴分茶》，史浩《临江仙》词有'春笋惯分茶'之句，陈与义有《与周绍祖分茶》诗。杨万里有一首《澹庵座上观显上人分茶》诗，描写他观看显上人玩分茶时的情景，十分详尽，诗云：'分茶何似煮茶好，煎茶不似分茶巧。蒸水老禅弄泉声，隆兴元春新玉爪。二者相遭兔瓯面，怪怪奇奇真幻变。银屏首下仍尻高，注汤作势字嫖姚。'茶水相遭，在兔毫盏的盏面上呈现出怪怪奇奇的幻变来，有如悠远的景色，或是劲疾的草书。显上人玩分茶是心手相应，善幻能变。然要像他那样娴熟是很不容易的。难怪陆游在记述自己分茶时要着一戏字，以示并非内行，不过试着玩玩而已。分茶这种游艺大约始于北宋初年。北宋初年人陶穀在《荈茗录》中说到一种叫茶百戏的游艺。他说：'茶至唐始盛，近世有下汤运匕，别施妙诀，使汤纹水脉成物象者。禽兽虫鱼花草之属，纤巧如画，但须臾即就散灭。此茶之变也，时人谓茶百戏。'陶穀记述的茶百戏便是后来称的分茶，玩法是一样的。宋代把茶制成茶饼，称为龙团、凤饼。冲泡时'碾茶为末，注之以汤，以筅击拂'，此时，盏面上的汤纹水脉会幻变出各式图样来，若山水云雾，状花鸟虫鱼，恰如一幅幅图画，称为水丹青。据说，当时有个佛门弟子叫福全的，精于分茶，有'通神之艺'。他能注汤幻茶成一句诗，若同时点四瓯，可幻成一绝句。至于变幻一些花草鱼虫之类，唾手可得。因此常有施主上门求观，福全颇有点自负，曾自咏曰：'生成盏里水丹青，巧尽工夫学不成。却笑当时陆鸿渐，煎茶赢得好名声。'蔡京在《延福宫曲宴记》里还记述了这样一件事：北宋宣和二年十二月癸巳，有通百艺之称的徽宗皇帝，召宰执亲王等曲宴于延福宫，徽宗兴来命近侍取茶具，亲手注汤击拂，少顷，白乳浮盏面，如疏星朗月。徽宗所玩的也是分茶。可惜的是，分茶这朵茶叶品饮艺术中的奇葩早已失传了。"

龙兴寺吊少陵先生寓居①

中原草草失承平，②戍火胡尘到两京。③
扈跸老臣身万里，④天寒来此听江声！⑤

【注释】

① 龙兴寺：在唐忠州（今四川忠县）。少陵先生：杜甫。杜甫曾在长安西南的少陵住过，自称少陵野老。唐代宗永泰元年（765）五月，杜甫离开成都，沿江东下，入秋抵忠州，曾在龙兴寺住了大约两个月。淳熙五年（1178）正月，宋孝宗召陆游东归。这首诗是他四月间路过忠州时所写。

② 中原：黄河流域中下游的泛称。草草：匆忙貌。承平：本意为对已往治平之世的承继，后来以指太平。

③ 戍火：即烽火，古代边防上的报警装置。戍，边境上的城堡。胡尘：胡兵入侵时扬起的灰尘。两京：唐西京长安和东京洛阳。唐玄宗天宝十四载（755），安禄山在范阳（今北京大兴）叛变，攻陷了洛阳，次年又陷长安。安禄山本是杂种胡人，所率部队

又为契丹、奚、突厥等族,故称其叛变为胡尘。
④ 扈跸(bì,音毕):随从皇帝车驾。跸,本指帝王出行时清道,禁止通行。老臣:指杜甫。安禄山陷长安后,玄宗逃往四川,太子在甘肃即位,史称肃宗。至德二年(757),杜甫由长安奔赴凤翔谒肃宗,并随驾回返长安。后又因救房琯事弃官西走,辗转流离,在忠州时已五十四岁,而陆游写此诗时,也是五十四岁,可谓巧合。身万里:指杜甫身在忠州,距长安很远,不是实数。
⑤ 陆游原注:"以少陵诗考之,盖以秋冬间寓此州也。寺门闻江声甚壮。"

楚 城①

江上荒城猿鸟悲,隔江便是屈原祠。②
一千五百年间事,③只有滩声似旧时。

【注释】

① 楚城:即楚王城,遗址在归州(今湖北秭归)境内长江南岸。淳熙五年(1178),陆游东下过忠州后,又到归州,作此诗。
② 归州北岸有屈原故宅,后人就其地建祠堂。
③ 从楚怀王到宋孝宗,其间大约一千五百年。

【品评】

　　陆游在四川游宦多年，也曾参与军事活动，但恢复大业迄无所成，终于奉诏东归了。他经过平生敬爱的，一生都作为学习榜样的屈原、杜甫的遗迹，想到自己和他们类似的命运，不禁感慨万分。这是他此行所作这类诗中的两首。上一首从空间着想，下一首则从时间着想，略有不同。

　　屈原和杜甫在我国历史上，无论从思想还是从艺术上说，都是最伟大的。他们最难以企及之处就在于，生活在皇帝是天然尊长的时代，心中永远有人民。司马迁曾表示对屈原的不理解："以彼其材，游诸侯，何国不容，而自令若是？"他似乎忽略了，在列国纷争的时代，作为服务对象的君主是可以改变的，而任何时代，与自己血肉相连的人民则是永远不可分割的。基于同样的原因，杜甫在人民被统治者残害的时候，他永远站在人民一边。陆游当然不会不看到这一点。同时，屈原生活的时代，楚国受秦国的欺凌；杜甫生活的时代，汉族中央政权正受到带有民族斗争性质的地方叛乱的威胁，陆游更不能不想到自己和两位先辈的境况何其相似。

　　古代诗歌中有咏史一类。从晋左思以来，咏史已经成为咏怀的一种常见手法。而以七言绝句咏史，则在陆游之前，唐之李商隐、宋之王安石在这方面成就尤高。陆游在他们的启发之下，也写过一些咏史的七言绝句。这两首诗对屈原、杜甫的不幸遭遇，寄予了无限同情，实际上是为自己年过半百而壮志难酬所发出的长叹息。

沈园^①二首

城上斜阳画角哀,^②沈园非复旧池台。

伤心桥下春波绿,曾是惊鸿照影来。^③

梦断香销四十年,^④沈园柳老不吹绵。^⑤

此身行作稽山土,^⑥犹吊遗踪一泫然。^⑦

【注释】

① 沈园:故址在今浙江绍兴,今已修复。
② 画角:绘有花纹的角。角是古代军队中的一种管乐。
③ 惊鸿:惊飞的鸿(一种水鸟)。鸿飞动时,姿态优美,古人以比美女。曹植《洛神赋》:"翩若惊鸿。"这里作者用以比喻其所怀念的亡妻唐氏。
④ 梦断香销:比喻自己过去生活的消逝和唐氏的死亡。
⑤ 绵:这里指柳絮。
⑥ 这句是说自己快要死了。稽山:会稽山,在绍兴。
⑦ 泫(xuàn,音炫)然:流泪貌。

【品评】

　　这两首诗是陆游回忆其亡妻唐氏而作。陆游的爱情悲剧,宋人笔记颇有记载,详略不同,事实亦有出入,今略加整理,概述如下：

陆游早年和他的姑表妹唐氏结婚，夫妻和好，可是陆游的母亲却不喜欢这位儿媳，百般干预，终于离婚。后来唐氏改嫁赵士程。绍兴二十五年（1155）春天，陆游到绍兴禹迹寺南的沈园游览，恰好赵士程和唐氏也在那里。陆游对景伤情，便作了一首调寄《钗头凤》的词，题在壁上。词云："红酥手，黄縢酒，满城春色宫墙柳。东风恶，欢情薄，一怀愁绪，几年离索。错！错！错！　春如旧，人空瘦，泪痕红浥鲛绡透。桃花落，闲池阁，山盟虽在，锦书难托。莫！莫！莫！"这时他已三十一岁。不久，唐氏便抑郁而死。到了宁宗庆元五年（1199）春，即四十四年之后，陆游又写了这两首《沈园》，同年还作了一首七律，有长题为《禹迹寺南，有沈氏小园。四十年前，尝题小词一阕壁间。偶复一到，而园已三易主，读之怅然》，诗云："枫叶初丹槲叶黄，河阳愁鬓怯新霜。林亭感旧空回首，泉路凭谁说断肠。坏壁醉题尘漠漠，断云幽梦事茫茫。年来妄念消除尽，回向蒲龛一炷香。"（此诗，周密《齐东野语》以为是光宗绍熙三年（1192）所作，但1155年到1192年，不足四十年，而《沈园》二绝和这篇七律所写情事又十分吻合，定为作于同年秋，较妥。）这年，陆游七十五岁。又过了六年，即宁宗开禧元年（1205），已经八十一岁高龄的陆游还怀念前情，形于梦寐，其《十二月二日夜梦游沈氏园亭》二绝云："路近城南已怕行，沈家园里更伤情。香穿客袖梅花在，绿蘸寺桥春水生。""城南小陌又逢春，只见梅花不见人。玉骨久成泉下土，墨痕犹锁壁间尘。"

在封建社会伦理观点支配之下，父母对于子女具有绝对权威。

因此,像陆、唐这类的悲剧就在所难免。诗人在这里并没有对自己悲剧产生的原因作出任何指责,他只是倾诉了一辈子也排遣不了的哀伤,而使后人对之寄予深厚的长久的同情。与《古诗为焦仲卿妻作》(《孔雀东南飞》)齐名,《钗头凤》故事也通过各种文艺形式,永远活在人们心里。

《宋诗精华录》选了庆元五年陆游所作一律二绝,评道:"古今断肠之作,无如此前后三首者。"又道:"无此绝等伤心之事,亦无此绝等伤心之诗。就百年论,谁愿有此事?就千秋论,不可无此诗。"都说得得当。

范成大 (1126—1193)

字致能,吴县(今属江苏)人,绍兴二十四年(1154)进士,授户曹,监和剂局,累官礼部员外郎兼崇政殿说书。乾道六年(1170),假资政殿大学士,充国信使使金,不辱命而返,除中书舍人,旋拜参知政事,为言者所论,晚年退隐故乡石湖。所著《石湖居士诗集》三十四卷,今存。

后催租行①

老父田荒秋雨里,② 旧时高岸今江水。③
佣耕犹自抱长饥,④ 的知无力输租米。⑤
"自从乡官新上来,⑥ 黄纸放尽白纸催。⑦
卖衣得钱都纳却,⑧ 病骨虽寒聊免缚。⑨
去年衣尽卖家口, 大女临歧两分首;⑩
今年次女已行媒,⑪ 亦复驱将换升斗;⑫
室中更有第三女, 明年不怕催租苦。"

【注释】

① 诗人一共写了两首《催租行》，这是第二首，所以题为《后催租行》。
② 老父：老头儿。
③ 这句是说水涨齐岸，田地被淹。
④ 这句是说自己的田地遭了水灾，没法种，只好去当雇农。佣耕：当雇农。
⑤ 的：的确。
⑥ 从这句起，以下都是这位老父的话。
⑦ 黄纸：指皇帝的诏书（当时一般诏书都用黄纸写印）。放尽：完全免除。白纸：指地方官府的公文。在宋代，统治者为了欺骗人民，常常由皇帝下诏，减少或免除人民交纳的租税，但下面照例不执行这诏令，依旧催逼。
⑧ 纳却：交掉。
⑨ 这句指交不出租，被官吏捆绑。缚：捆绑。
⑩ 临歧：在岔路口上。分首：分别。
⑪ 行媒：和人订了婚。
⑫ 升斗：这里指少数粮食。

【品评】

　　这首诗愤怒地揭露了统治者的伪善，控诉了他们的凶残，而对在他们压榨之下被逼得家破人亡的农民，则寄予无限的同情。值得特别指出的是：诗人的愤怒不是直接表达的，而是通过这位老农民沉痛的自白表现出来的。这一自白，表面上是在为自己宽解，事实上却表明自己已走投无路。这就使全诗的揭露和控诉更加深刻有力。

在封建社会中，地主对农民的压迫剥削是最根本的社会矛盾。在《诗经·硕鼠》中，先民已有"硕鼠硕鼠，毋食我黍！三岁贯汝，莫我肯顾。逝将去汝，适彼乐土。适彼乐土（今本误作'乐土乐土'），爰得我所"的咏叹。但那时地广人稀，还有些可供选择的生活道路。到了宋代，情况可就不大一样了。范成大在其著名组诗《四时田园杂兴》中就曾写道："采菱辛苦废犁锄，血指流丹鬼质枯。无力买田聊种水，近来湖面亦收租。"便尖锐地指出人民无所逃于天地之间这种残酷的现实。而《后催租行》则从另外一个侧面证实了这一点。（唐陆龟蒙《新沙》云："渤澥声中涨小堤，官家知后海鸥知。蓬莱有路教人到，亦应年年税紫芝。"与范《田园杂兴》同意，而出话婉转，此亦唐宋之别。）

宜春苑[①]

狐冢獾蹊满路隅，[②] 行人犹作御园呼。
连昌尚有花临砌， 肠断宜春寸草无。[③]

【注释】

① 宜春苑：北宋皇家的东御园，故址在汴京东二里。

② 獾（huān，音欢）：一种野兽。
③ 连昌：指连昌宫。唐朝皇帝往返于长安、洛阳之间途中歇驾的行宫，故址在今河南宜阳。元稹写安史之乱以后的连昌宫，一方面说"狐兔骄痴缘树木""夜夜狐狸上门屋"，另一方面又说"上皇偏爱临砌花，依然御榻临阶斜"，即宫虽废而犹存。可是宜春苑却什么也没有了，所以更加使人伤心。

州 桥

州桥南北是天街，① 父老年年等驾回。②
忍泪失声询使者③："几时真有六军来？④"

【注释】

① 原注："南望朱雀门，北望宣德楼，皆旧御路也。"御路，即天街，皇帝出行的必由之路。州桥是北宋汴京城里的一座桥，前为御路。
② 父老：对老人的尊称。驾：皇帝的车驾。
③ 失声：控制不住声音。一面忍泪，一面失声，形容询问时心情之激动。使者：指宋朝派来的使节，即诗人自己。
④ 六军：指宋朝的部队。古时天子有六军。

市　街①

梳行讹杂马行残,②药市萧骚土市寒。③
惆怅软红佳丽地,④黄沙如雨扑征鞍。⑤

【注释】

① 市街：北宋旧都汴京里的街道。诗里所提到的梳行、马行、药市、土市都是原来汴京里的街道。唐宋以来，行会制度兴盛，各行各业，都集中在一定的街道上。
② 讹杂：犹混杂。在北宋，某一条街本来全是梳行，这时已杂以其他行业了。
③ 萧骚：犹萧条。
④ 软红佳丽地：指昔日繁华富盛的汴京。
⑤ 汴京沦陷后，都市的绿化全被破坏，因而扑向行人的是如雨的黄沙。征鞍：指骑马的旅客。

翠　楼①

连袵成帷迓汉官,②翠楼沽酒满城欢。
白头翁媪相扶拜,③垂老从今几度看！④

【注释】

① 翠楼：相州（今河南安阳）附近的旗亭（即市楼，来往旅客休息吃喝的地方）。
② 连衽（rèn，音认）成帷：形容人群密集。衽，衣襟。帷，布幔。许多人聚在一起，衣襟连起来，就像个布幔子。迓：迎接。汉官：这里指宋朝使者。
③ 媪（ǎo，音袄）：老妇人。
④ 这句是翁媪的想法，他们认为自己已经老了，对于祖国来的使者，见不着几次了，所以要饱看一番。看：这里读平声。

【品评】

乾道六年（1170），范成大出使金国，闰五月往，十月返。记叙所见所感为文《揽辔录》一卷（今残），诗《北征集》一卷。诗计七言绝句七十二首，篇各有题。（今范集卷十二全录而佚《北征集》之名）在这七十多首中，我们可以看见中原地区在女真贵族统治下的社会面貌和民情风俗的变异，以及中原父老希望恢复中原的热切心情。这些诗也体现了作者对祖国壮丽山河的赞叹，对历史古迹的歌咏以及准备为国牺牲的大无畏精神。在我国不同民族政权的分裂和对立时代，双方常有交聘之举，使臣来往间每有唱酬和记述。范成大这两卷书在这类作品中颇具代表性。

上面所选四首，《宜春苑》通过描写汴京的残破，以寄托对汉民族政权覆灭的哀思，而以元稹所见连昌宫尚有遗迹可寻而自己所见宜春苑则寸草不留，足见靖康之祸甚于安史之乱。唐朝虽经内乱可迅速平定，而宋朝自遭外祸却恢复无期。《州桥》一首，据当日实际政治社会情况而言,所叙事实似乎不可能发生,但《揽辔录》中曾多处记载此类情事,如云"中原父老,见使者多挥涕""遗黎往往垂涕嗟啧,指使人曰:'此中华佛国人也。'"等等,则"忍泪"云云,乃是诗人对这些情事加以典型化的结果。它或为事之所无,却为情所必有。《市街》一首,恰好是《宜春苑》的补充。而《翠楼》一首则与《州桥》同意。陆游读《揽辔录》诗云:"公卿有党排宗泽,帷幄无人用岳飞。遗老不应知此恨,亦逢汉节解沾衣。"则更深广地发抒了自己的感愤,可以参看。

杨万里 (1127—1206)

字廷秀,吉水(今属江西)人,绍兴二十四年(1154)进士,任永州零陵丞,从张浚学。浚勉以正心诚意,遂以诚斋为号。孝宗时,召为国子监博士,历太常丞、太学侍读。历仕光宗、宁宗朝,以宝谟阁学士致仕。所撰《诚斋集》一百三十三卷,今存。

池口移舟入江,再泊十里头潘家湾,阻风不止①

北风五日吹江练,②江底吹翻作江面。
大波一跳入天半,粉碎银山成雪片。
五日五更无停时,长江倒流都上西。
计程一日二千里,今逾滟滪到峨眉。
更吹两日江必竭,却将海水来相接。
老夫早知当陆行,错斜一帆超十程。③
如今判却十程住,④何策更与阳侯争。⑤
水到峨眉无去处,下梢不到忘归路。⑥

我到金陵水自东，只恐从此无南风。⑦

【注释】

① 池口：镇名，在今安徽贵池西北五里，临长江。阻风不止：被不停息的风所阻。
② 江练：即江水。谢朓诗："澄江静如练。"故称江水为江练。
③ 这句是说原以为水行远比陆行快，一帆风顺，一天便可超过十天，哪知却料想错了。错斜：疑为"错料"之误。
④ 这句是说只好拚了住上十天的路程。判：拚。
⑤ 阳侯：水神名。
⑥ 这两句是说水被风倒吹，到了峨眉山，虽然没法向前走了，但它忘记了回来的路程，所以回不了下游。
⑦ 这两句是说如果我的船到了金陵（南京），自然可以顺着江水东下，但现在在池口被北风挡住，如果没有南风，就决定不能朝东走，可怎么办呢？

【品评】

　　杨万里人品端方，立朝清正，反对苟安，反对权奸。但他在诗歌创作上的主要兴趣放在自然风光上，因此集中关心国家大事和民生疾苦的作品并不算多。他的诗语言平易，风格清新，富于情趣，给读者提供了为其他诗人所罕有的娱乐性。即如此诗，写乘船遇到逆风，全从江水倒流着笔，想象奇特而又丰富。这是诗人直接从生活中获得的素材，所以反映了出来，也是非常生新，引人注目的。作为人类生活的永恒伴侣，水自来就是常受诗人青睐的描写对象。《诗经》中的"河水洋洋，北流活活"，《楚辞》中的"袅袅兮秋风，洞庭波兮木叶下"，都引起人们的遐思。司马相如《上林赋》夸耀天子上林苑，一上来就有一大段文字专门写水。更不用说木华《海赋》和郭璞《江赋》了。但这些大篇，极貌写物，穷力追新，却忽略了人面对多姿多变的水时的心态。而杨万里此篇，却正在这一方面下了功夫。它成功地刻画了旅人面对狂风大浪的诸多心灵活动。

初入淮河四绝句

船离洪泽岸头沙，① 人到淮河意不佳。
何必桑乾方是远，中流以北即天涯。②

刘岳张韩宣国威，③ 赵张二将筑皇基。④
长淮咫尺分南北，泪湿秋风欲怨谁？⑤

两岸舟船各背驰，⑥ 波痕交涉亦难为。⑦
只余鸥鹭无拘管，⑧ 北去南来自在飞。

中原父老莫空谈,逢着王人诉不堪。⑨

却是归鸿不能语,一年一度到江南。⑩

【注释】

① 洪泽:湖名,在今江苏西北部,和淮河通连。作者由洪泽湖进入淮河,再向北走。沙:水中或岸边淤积而成的土地。
② 这两句是说中流以北就属于金,远得和天涯一般,那又何必一定认为桑乾河才算远呢?桑乾:河名,源出山西,曾经是唐朝的边防前线。那时人们提到桑乾河,都感到很遥远。可是到了南宋,不仅桑乾河流域早已沦陷,而且腹地的淮河也竟然成了宋、金两国的分界线,以江心为界。
③ 刘岳张韩:指南宋初年抗金名将刘光世、岳飞、张俊、韩世忠。
④ 赵张:指当时另外两位名将相赵鼎、张浚。筑皇基:树立起南宋皇朝的基业。
⑤ 这两句是说既然有这么多忠勇的将领,却仍然只能以淮河为界,使大家在秋风中落泪,这该怨谁呢?诗人在这里暗示了高宗和秦桧等投降派应当负责任。咫尺:形容距离很近。咫(zhǐ,音止),周尺八寸。
⑥ 背驰:朝着相反的方向行驶。
⑦ 这句是说宋、金以淮河为国境线,断绝交通,就似乎连一条河也分成两半,各流各的,难以相关。
⑧ 拘管:拘束,限制。
⑨ 这两句是作者的愤慨之词,说政府无心也无力收复失地,虽然父老对王人诉说积压在心头的痛苦,却不免仍是空谈。中原:指已沦陷的黄河流域。王人:皇帝的使臣,这里指南宋派到金

朝的使节。不堪：指不能忍受的压迫。

⑩ 这两句是进一步代沦陷区人民抒写他们的感情。南宋诗人常以美慕鸿雁之能由南而北以寄托其对北方故土的怀念（如陆游《冬夜闻雁有感》："夜闻雁声起太息，来时应过桑乾碛。"）；本诗则反过来，以美慕鸿雁之能由北而南来代中原父老发抒其向往南方故土的感情。

【品评】

淳熙十六年（1189）十二月，金遣裴满馀庆来贺来年正旦，杨万里奉派为接伴使，伴送金使北返。初次到了原为北宋腹地，现在却已成为宋、金国界的淮河，不禁感慨横生，写下这一组充满忧郁气氛的诗。这时，上距靖康之祸已六十年。一方面，南宋政权已经巩固，而另一方面，收复北方失地的希望也变得更为渺茫。和陆游那种充满激情、富于想象的作品不同，杨万里集中这类涉及时事的作品，却显示出一种无可奈何的悲凉。面对现实局势，或发为悲壮的号角，或发为深沉的叹息。这两种在南宋中期文学中就已形成的倾向，似乎一直贯注到宋末。在遗民诗中，谢翱、林景熙等继承了前者，而汪元量等则继承了后者。

萧德藻 （生卒年不详）

字东夫，闽清（今属福建）人。高宗绍兴二十一年（1151）进士，曾为乌程令，知峡州（今湖北宜昌）。所著《千岩择稿》七卷，外编三卷，续编四卷，今均佚。清人光聪谐曾辑其幸存者于《有不为斋随笔》中。

登岳阳楼

不作苍茫去，真成浪荡游。①
三年夜郎客，②一柁洞庭秋。③
得句鹭飞处，看山天尽头。
犹嫌未奇绝，更上岳阳楼。

【注释】

① 这两句是说，虽然到处游荡，却仍未能离开尘俗，远去天边。苍茫：此处泛指广阔的天野。北齐《敕勒歌》："天苍苍，野茫茫。"

② 夜郎：唐置县，今湖南沅陵西。
③ 这句是说在沅陵住了很久之后，又在秋天乘船来游洞庭湖。柂：同"舵"，这里指船，以部分代整体。

【品评】

《新唐书》称张说"既谪岳州，而诗益凄婉，人谓得江山助"。江山是慷慨而公平的，她们对任何诗人都无例外地加以帮助，赋予灵感。因之历代登临岳阳楼、遥揽洞庭湖的名篇杰句也不可胜数。其中如杜甫的"吴楚东南坼，乾坤日夜浮"，黄庭坚之"满川风雨独凭阑，绾结湘娥十二鬟"，陈与义之"晚木声酣洞庭野，晴天影抱岳阳楼。四年风露侵游子，十月江湖吐乱洲"之类，都是脍炙人口之作。但诸家所作，皆系登楼以后即目抒怀，故奇丽景色，尽收眼底，而萧德藻这一首，却只描写登楼以前的浪游。他生活跋涉既广，经历亦久，细察鹭飞，宏观天末。浪游之余，仍嫌不足，所以又来登楼。诗对此楼更未用一字正面品题，而其为天下绝景自见。《宋诗精华录》甚赞此诗，谓"作者手笔直兼长吉（李贺）、东野（孟郊）、阆仙（贾岛）而有之"。似不仅指其造句之工致，即构思之独特亦应包括在内。由于萧德藻此诗给予了读者以充分驰骋想象的自由，也许洞庭湖比他正面描写出来更为奇绝。唐王之涣《登鹳雀楼》云："白日依山尽，黄河入海流。欲穷千里目，更上一层楼。"此诗与之相较，似乎青出于蓝而胜于蓝。因为王诗是已上一层，更上一层，这个更上，只是站得高些，看得远些，所看仍是白日依山、黄河入海之景。萧诗则将视角由舟中转到楼上。舟中洞庭秋色，鹭飞天尽，虽已为人所见所知，而楼上如何，则尚是一重悬案，有待揭晓。所以这后一个更上，意味尤为深长。

朱 熹 (1130—1200)

字元晦,一字仲晦,婺源(今属江西)人。绍兴十八年(1148)进士,任同安主簿。淳熙时,曾知南康军,提举浙东茶盐公事,光宗时,知漳州,入为秘阁修撰。宁宗初,官焕章阁待制。后被人攻击为伪学,落职致仕。所著《晦庵先生文集》一百卷,今存。

观书有感二首

半亩方塘一鉴开,[1] 天光云影共徘徊。[2]
问渠那得清如许,[3] 为有源头活水来。

昨夜江头春水生, 蒙冲巨舰一毛轻。[4]
向来枉费推移力, 此日中流自在行。

【注释】

① 方塘:又称半亩塘,在福建尤溪城南郑义斋馆舍(后为南溪书

院）内。朱熹父松与郑交好，故尝有《蝶恋花·醉宿郑氏别墅》词云："清晓方塘开一境。落絮飞花，肯向春风定。"鉴：镜。古人以铜为镜，包以镜袱，用时打开。
② 这句是说天的光和云的影反映在塘水之中，不停地变动，犹如人在徘徊。
③ 渠：他，指方塘。那得：怎么会。如许：这样。
④ 蒙冲：战船。一毛轻：轻如一根羽毛。

【品评】

有人以为诗是形象思维的产物，所以只宜于写景抒情而不宜于说理。这有几分道理，但不能绝对化。因为理可以用形象化的手段表现出来，从而使得它与景和情同样富于吸引力。同时，理本身所具有的思辨性往往是引人入胜的。（枚乘《七发》正证明了这一点）因此，古今诗作中并不缺乏成功的哲理诗。

朱熹是刘子翚的学生，他父亲朱松文才也很好。也许由于父、师的影响，他在道学家中对文学的评价是比较公正的，也写出过一些富于生活气息的好诗。如这两首当然是说理之作，前一首以池塘要不断地有活水注入才能清澈，比喻思想要不断有所发展提高才能活跃，免于停滞和僵化。后一首写人的修养往往有一个由量变到质变的阶段。一旦水到渠成，自然表里澄澈，无拘无束，自由自在。这两首诗以鲜明的形象表达自己在学习中悟出的道理，既具有启发性，也并不缺乏诗味，所以陈衍评为"寓物说理而不腐"。

陈 造 (1133—1203)

字唐卿,高邮(今属江苏)人。淳熙二年(1175)进士,曾任繁昌尉,知定海县,通判房州,官至淮南西路安抚司参议。所撰《江湖长翁文集》四十卷,今存。

望夫山①

亭亭碧山椒,② 依约凝黛立。③
何年荡子妇,④ 登此望行役。⑤
君行断音信, 妾恨无终极。⑥
坚诚不磨灭, 化作山头石。
烟悲复云惨, 仿佛见精魄。⑦
野花徒自好,⑧ 江月为谁白?
亦知江南与江北,红楼无处无倾国。⑨
妾身为石良不惜,君心为石那可得!⑩

【注释】

① 古代神话传说,有一位丈夫外出远游多年,日夜怀念的妻子总是登上一座山去盼望他,后来这位妻子竟变成了一块石头。后人称这块石头为望夫石,这座山为望夫山。这个传说各地都有,如安徽当涂西北及河北山海关老龙头就都有望夫石的遗迹,反映了古代这类生离死别悲剧的普遍性。

② 亭亭:高耸貌。椒:山顶。

③ 依约:隐约,不分明的样子。凝黛立:以山顶树木的青黛色比喻思妇皱着的眉头。黛,古代妇女画眉的颜料,引申为妇女眉毛的代语,这里是双关。

④ 荡子:久出不归的男人。

⑤ 行役:出外服役。这里指行役的人,即上句的荡子。

⑥ 妾:古代女子对自己的谦称。无终极:没完没了。

⑦ 精魄:灵魂。

⑧ 徒自好:徒然地开得那么美丽。

⑨ 红楼:即朱楼,通指富贵人家。倾国:美女的代称。汉李延年唱歌形容一位绝代佳人说:"一顾倾人城,再顾倾人国。"

⑩ 这句是说要长期在外的丈夫保持对自己的爱,可不容易。《诗经·柏舟》:"我心匪石,不可转也。"这里反用其语。

【品评】

望夫石的确是一个激动人心的神话传说,古来诗人题咏很多。如唐刘禹锡云:"终日望夫夫不归,化为孤石苦相思。望来已是几千载,只似当时初望时。"诚如前人所说,这首诗的特点是语拙而意工。王建则写道:"望夫处,江悠悠。化为石,不回头。山头日日风和雨,行人归来石应语。"措辞就远胜于刘了。但这两首都只就女子一方立言,男方又如何呢?陈造此诗,在篇末另出新意,从而深化了这个悲剧的主题。李白《长干行》亦曾用此事云:"岂上望夫台?"写妻子坚信丈夫之必然守约,无须登台苦望。此诗则以"君心为石那可得"结束全篇,暗示妻子不能不考虑到痴心女子负心汉也不是什么稀罕事。两两对照,好看杀人。

林 升 （生卒年不详）

孝宗淳熙时士人，余无考。

题临安邸[①]

山外青山楼外楼，西湖歌舞几时休！
暖风熏得游人醉，直把杭州作汴州。[②]

【注释】

① 邸：附有货栈的旅馆。
② 汴州：即开封、汴梁，北宋都城。

【品评】

　　在答文学社问"什么是讽刺"这一问题时，鲁迅道："一个作者,用了精炼的,或者简直有些夸张的笔墨——但自然也必须是艺术的地——写出或一群人的或一面的真实来。这被写的一群人,就称这作品为'讽刺'。"他又说:"'讽刺'的生命是真实;不必是曾有的实事,但必须是会有的实情。……它所写的事情是公然的,也是常见的,平时是谁都不以为奇的,而且自然是谁都毫不注意的。不过这事情在那时却已经是不合理,可笑,可鄙,甚而至于可恶。但这么行下来了,习惯了,虽在大庭广众之间,谁也不觉得奇怪;现在给它特别一提,就动人。"

北宋的灭亡,原因当然很多,但统治者的荒淫奢侈必居其一;南宋的偏安,原因也很多,但朝野酣嬉,醉生梦死,也必居其一。林升这首见于《西湖游览志余》的诗,所写正是当时公然的,常见的,谁都不以为奇,毫不注意的社会现象,给他一写,便觉触目惊心,令人难以为情,所以便是成功的讽刺。

宋代这类小诗颇有流传广泛,脍炙人口的。如《古杭杂记》载:"驿路有白塔桥,印卖朝京里程图。士大夫往临安,必买以披阅。有人题壁曰:'白塔桥边卖地经,长亭短驿甚分明。如何只说临安路,不较中原有几程?'"与林升之作,可谓貌异心同。又《桯史》载郑广事云:"海寇郑广,陆梁莆福间,……官军莫能制。自号'滚海蛟',有诏勿捕。命以官,……广旦望趋府,群僚以其故所为,遍宾次,无与立谈者。广郁郁弗言。一日,晨入未衙,群僚偶语风檐,或及诗句,广矍然起于坐曰:'郑广粗人,有拙诗白之诸官,可乎?'众属耳,乃长吟曰:'郑广有诗上众官,文武看来总一般。众官做官却做贼,郑广做贼却做官。'满座惭嚎。"这些小诗正是当时腐败政权的绝妙写照。

姜　夔 (1155—1209)

字尧章,号白石道人,鄱阳(今属江西)人。庆元三年(1197),进《大乐议》,次年,上《圣宋饶歌鼓吹》,得与礼部试,不第,遂绝意仕途,以江湖布衣终其身。他兼工诗、词、书法、音乐。诗词集今均存。《姜白石诗集》有孙玄常笺注。

除夜自石湖归苕溪① 十首选三

细草穿沙雪半消, 吴宫烟冷水迢迢。②
梅花竹里无人见, 一夜吹香过石桥。③

千门列炬散林鸦,④ 儿女相思未到家。⑤
应是不眠非守岁,⑥ 小窗春色入灯花。⑦

笠泽茫茫雁影微,⑧ 玉峰重叠护云衣。⑨
长桥寂寞春寒夜, 只有诗人一舸归。

【注释】

① 石湖：太湖的一个分支，位于苏州和吴江之间，是个著名的风景区。范成大晚年退休，就住在那里。苕溪：指姜夔当时住家的湖州，湖州在苕溪旁边。绍熙二年（1191）冬，姜夔到范家做客，住了一个多月，直到除夕才乘船回家。

② 吴宫：指春秋时代吴国宫殿的遗址，在苏州附近，太湖之滨。

③ 姜夔在石湖所作咏梅词《暗香》说："但怪得竹外疏花，香冷入瑶席。"与此同意。

④ 这句是说，家家点灯迎接新年，将栖息在树林中的乌鸦都惊散了。千门：指许多人家。炬：火把，这里指过除夕时点的灯。

⑤ 这句是想象孩子们在惦念自己为什么还未到家。

⑥ 除夕通宵不睡，表示对旧年惜别，叫作守岁。这句承上句来，说孩子们不睡觉，是盼望自己回家，而不单是为了守岁。

⑦ 这一句点明除夕，过了今夜，就算是春天了。

⑧ 笠泽：太湖的别名。

⑨ 这句是说山峰为云气所缭绕。

【品评】

　　唐宋士子，在未能进士及第从而步入仕途之前，往往凭借自己的诗文才艺，干谒权门，奔走江湖，以博取声名和生活资料。这种风气，在宋末尤为流行。这些人被称为游士或谒客，其诗被称为江湖诗。他们之中，人品和文才也大有高下。姜夔是其中的佼佼者，当世达官名宿对他均极推重。如他曾将这组诗寄给杨万里，杨回信说："所寄十首，有裁云缝雾之妙思，敲金戛玉之奇声。"而萧德藻因为欣赏他写的《姑苏怀古》一绝，竟将侄女嫁给了他。

他的诗和词风格特色有相近处,即都能以清刚之气写绮靡之情,从而给人以一种特殊的感受。此处所选三首可见一斑。第一首写在范成大石湖别墅住了些时而今离去的留恋之情。但不写离情,只写别景。别景之中,独及吴宫遗迹与正开的梅花。写梅花,又不作正面描绘,而只写其夜中暗香,均是作者着意之处。对景钟情,则对人之怀想自见。第二首写怀念自己的家人,却从对方着笔,与杜甫《月夜》"今夜鄜州月,闺中只独看"相同。而柳永《八声甘州》"想佳人妆楼颙望,误几回天际识归舟"也是如此。第三首写归途之荒寒,心情之寂寞,以对照方式与上篇互相补充。

姑苏怀古

夜暗归云绕柁牙,[①] 江涵星影鹭眠沙。
行人怅望苏台柳,[②] 曾与吴王扫落花。

【注释】

① 柁牙:桅杆。柁牙高耸,低垂的云幕似乎从远处归来,绕在柁牙之旁。
② 苏台:即姑苏台,在今苏州西南的姑苏山上,春秋时吴王阖闾所建,从上可以眺望太湖。

【品评】

　　这首诗是一幅想象与幻想构成，现实与历史交织的图画。春秋时代，勃然而兴忽然而亡的吴国，许多遗迹至今犹存。数百年前的姜夔，处在南宋偏安已久之时，经行其地，自然不能无兴亡之感。但这感慨，由于它是极其含蓄的，使人简直不怎么能察觉出来。

　　诗首写舟行夜景。云在天空随风飘浮，它动，并不是回归，但诗人将人的归舟和它联系在一道，认为它之所以围绕在桅杆旁边，也是和人一样，有家可归了。首句写舟之动，而次句则写江之静。星影在水，宿鹭眠沙。橹声之外，万籁俱寂。对照十分强烈，但都是现实。三句忽由今天道旁柳条，想到昔日吴宫落花，以柳条扫花，既不可能，今天行人怅望之柳，亦绝非当日吴宫之柳。这当然都是人所共知，但诗人"摅怀旧之蓄念，发思古之幽情"（班固《两都赋·序》语），却毫不犹疑地将它们如此这般地绾合起来。虽无理，但有情，所以也就能为读者所欣然接受。我们都会承认这一点：排除了想象与幻想，也就没有诗了。

翁 卷 （生卒年不详）

字续古，一字灵舒，永嘉（今浙江温州）人。曾登理宗淳祐三年（1243）乡荐，终于布衣。与徐照（字灵晖）、徐玑（字灵渊）、赵师秀（字灵秀）皆同里，合称"永嘉四灵"。有《苇碧轩诗集》一卷，今存。

山 雨

一夜满林霜月白， 亦无云气亦无雷。
平明忽见溪流急，① 知是他山落雨来。

【注释】

① 平明：清晨。

野 望

一天秋色冷晴湾，① 无数峰峦远近间。

闲上山来看野水,忽于水底见青山。

【注释】

① 晴湾:晴天的河湾。

【品评】

  "四灵"学中晚唐,尤其重视学习姚合、贾岛的五律。他们用心很苦,而取径过狭,内涵不够丰富,始终没有达到较高水平,形成独特风格。倒是其集中一些写日常生活的七言绝句意象生动,运笔轻快,更富有吸引力,如这两首即是。再如翁卷颇为人传诵的《乡村四月》云:"绿遍山原白满川,子规声里雨如烟。乡村四月闲人少,才了蚕桑又插田。"所写也只是农民日常生活,但一经揭示,便觉劳动场面壮丽非凡。发现客观世界不平常的事物而出色地描写它,当然会使之成为对人产生魅力的艺术品,但如能在人所共见并知的日常生活中有新的发现,而将其成功地反映出来,也可以获得同样的效果。翁卷这些诗便是好例。

赵师秀 （1170—1220）

字紫芝，号灵秀，永嘉人。宋宗室。绍熙元年（1190）进士，任上元主簿，江东从事，高安推官。晚寓钱塘，卒。所著《清苑斋诗集》一卷，今存。

约　客

黄梅时节家家雨，青草池塘处处蛙。
有约不来过夜半，闲敲棋子落灯花。①

【注释】

①灯花：油灯的灯芯久燃成炭，结成花形，叫作灯花。

【品评】

我国初夏季节的江淮流域，每每有一段较长的阴雨天气，时值梅子初熟，因称梅雨天。李时珍《本草纲目》说，梅雨又称霉雨，因为这雨沾在衣服上，易生黑霉。这首诗写一个梅雨之夜，约客对棋，而客人却失约时的复杂心情。由于久候无聊，便不自觉地拿起了棋子敲着棋盘，这时，灯芯燃得过久，也恰巧落下。这是动作。而屋外绵绵不绝的雨声、蛙声和屋内断断续续的敲棋声又互相应和。这是音响。在这动作与音响之中，主人寂寞的心情便准确地透露了出来。

黄梅成熟时节，不仅雨量偏多，而且又阴晴不定。古代诗人很敏感地察觉到了这一点，就各随自己的生活实际写了出来，对景抒情，如曾几《三衢道中》云："梅子黄时日日晴，小溪泛尽却山行。绿阴不减来时路，添得黄鹂四五声。"戴复古《夏日》云："乳鸭池塘水浅深，熟梅天气半阴晴。东园载酒西园醉，摘尽枇杷一树金。"而此诗则写"黄梅时节家家雨"。写晴，写雨，写半阴半晴，都有其独特的意趣。

戴复古 （1167—?）

字式之，黄岩（今属浙江）人。终身不仕，浪游江湖，晚年归隐家乡，享年八十余。有《石屏诗集》十卷，今存。

织妇叹

春蚕成丝复成绢，养得夏蚕重剥茧。
绢未脱轴拟输官[①]，丝未落车图赎典[②]。
一春一夏为蚕忙，织妇布衣仍布裳。
有布得着犹自可，今年无麻愁杀我[③]。

【注释】

① 轴：织机上支持纬线的部件叫作杼，支持经线的部件叫作轴。

这里以轴作为杼和轴的统称。
② 车：指缫丝的车。图：思谋。赎典：赎回典当的东西。
③ 最后四句是说织绢的妇女，不但穿不上绢，连麻布也穿不上。犹自可：尚可。尚可、杀我，分用在上下两句的末尾，是民谣中常见的句型，如古乐府《独漉篇》："独漉独漉，水深泥浊。泥浊尚可，水深杀我。"

【品评】

古代男女分工，男耕女织。这首诗代织妇发出怨叹。古代贵重的衣料是丝织品，一般的衣料则是麻织品，至于棉织品，则明清以前，因纺织技术的限制，流行不广。所以诗中织妇所倾诉的首先是自己虽织了一辈子的绢，可是绢衣从未沾身。又想到，只要有麻布可穿就也罢了，可今年连麻都没有，这才真正愁死人啊！梅尧臣《陶者》云："陶尽门前土，屋上无片瓦。十指不沾泥，鳞鳞居大厦。"张俞《蚕妇》云："昨日入城市，归来泪满巾。遍身罗绮者，不是养蚕人。"戴诗前六句和梅张二作同意，也就是俗话所说："卖油娘子水梳头。"但后两句却翻进一层，就更显出老百姓在残酷剥削之下，已无路可走。清代赵翼在其《廿二史札记》中，曾论及南宋赋税特重，前选杨万里的《后催租行》及戴复古此篇都可为证。

江阴浮远堂

横冈下瞰大江流，浮远堂前万里愁。
最苦无山遮望眼，淮南极目尽神州。

【注释】

① 江阴：今属江苏。浮远堂：堂名浮远，取苏轼《同王胜之游蒋山》诗中"江远欲浮天"意。
② 瞰（kàn，音看）：向下看，俯视。
③ 淮南：指今江苏、安徽两省长江以北、淮河以南之地。南宋与金议和，划淮为界。故由长江南岸的江阴北望中原，要从淮南看过去。极目：穷尽眼力。神州：原指全中国，这里指中原金占区。

【品评】

望之则不忍，不望又不能，于是深悔这次登上供北望的高堂为多此一举。汉末王粲"家本秦川，贵公子孙"，遭乱流寓荆州，依靠刘表，曾登当阳城楼作《登楼赋》，有云："平原远而极目兮，蔽荆山之高岑。"那是"最苦有山遮望眼"，而戴复古则是"最苦无山遮望眼"，所以其情更为可伤。又刘克庄《冶城》云："断镞遗枪不可求，西风古意满原头。孙刘数子如春梦，王谢千年有旧游。高塔不知何代作，暮笳似说昔人愁。神州只在阑干北，几度来时怕上楼。"前六句吊古，后二句转入伤今。其言北望神州使人难堪之意亦同，而从正面说出，都不及戴语之耐人寻味。

论诗十绝选二

意匠如神变化生，^①笔端有力任纵横。^②
须教自我胸中出，切忌随人脚后行。

飘零忧国杜陵老，^③感遇伤时陈子昂。^④
近日不闻秋鹤唳，^⑤乱蝉无数噪斜阳。^⑥

【注释】

① 意匠：创作的艺术构思。如神：形容变化莫测。
② 纵横：形容挥洒自如，不受拘束。杜甫《戏为六绝句》："庾信文章老更成，凌云健笔意纵横。"
③ 杜甫曾住长安附近的杜陵，因自称杜陵野老。他亲身经历了安史之乱，四处漂泊，颠沛流离，目睹广大人民的疾苦，发为忧国忧民的诗歌。因而被后人尊为"诗圣"，其诗被尊为"诗史"。
④ 陈子昂是唐代首先变革齐梁绮靡之风的诗人。他的组诗《感遇》三十八首，多角度地反映了当时许多重要的政治社会问题，发抒了自己的怀才不遇之感。

⑤唳（lì，音丽）：鹤叫声。鹤唳比喻优秀的诗篇。
⑥蝉噪比喻一些虽流行一时却很快就消失的作品。

【品评】

用诗品评诗歌，即所谓论诗诗，是我国文学批评史上一种特有的形式。它可以用古体写（如前选欧阳修《水谷夜行，寄子美、圣俞》），但更多的是用今体七言绝句写。杜甫的《戏为六绝句》《解闷》等是最早的连章七绝论诗诗，也是这种形式的典范作品。它所涉及的内容，可以大分为评诗人和论诗法两类。戴复古这十首绝句，就包含有这两方面的内容。这里所选第一首论诗法，而第二首则评诗人。

第一首论作诗必须重视创造性。这本是古代作家和批评家所最注意的。陆机云："收百世之阙文，采千载之遗韵。"杜甫云："后贤兼旧制，历代各清规。"韩愈云："惟古于词必己出，降而不能乃剽贼。"又云："惟陈言之务去"。黄庭坚云："文章最忌随人后"，又云："随人作计终后人"。这些名言都为戴复古所本。但戴复古在当时写这首诗，是有其针对性的，即为江西派末流完全脱离生活，资诗书以为诗的批判。在上引诸家中，杜甫所说最为完整，即既要继承前人，又要各具面目。不继承遗产，就没有起点；不各具面目，就难言创造。这是文章发展的一条颠扑不破的基本规律。

第二首感叹当时诗坛寥落。在内忧外患交逼之日，诗人们没有发出时代的最强音来鼓舞人民，挽救危局，而一些流连光景之作，却还能传诵一时。《诗经·鹤鸣》云："鹤鸣于九皋，声闻于天。"鹤唳高亢清亮，故以比前者。而韩愈《荐士》中也写道："齐梁及陈隋，众作等蝉噪。"蝉声的特点是叫得很响，可是没有多少时候就过去了，故以比后者。姜夔虽也是江湖诗人，但因出生较早，一般不将他列入江湖派。在江湖派中，戴复古和刘克庄的诗是成就较高的。

严 羽 （生卒年不详）

字仪卿，一字丹丘，邵武（今属福建）人。一生不仕，曾浪游江西、湖南、江苏、浙江、四川等地，与戴复古、刘克庄同时。所撰《沧浪严先生吟卷》三卷、《沧浪诗话》一卷，今均存。诗话有郭绍虞校释本。

和上官伟长芜城晚眺①

平芜古堞暮萧条，②归思凭高黯未消。③
京口寒烟鸦外灭，④历阳秋色雁边遥。⑤
清江木落长疑雨，暗浦风多欲上潮。
惆怅此时频极目，江南江北路迢迢。

【注释】

① 上官伟长：名良史。芜城：即广陵（故治在今江苏扬州东北）。南朝宋时，其地十年之内，两遭兵祸。鲍照来游，看到城宇荒芜，非常感慨，作了一篇《芜城赋》。后人因称广陵为芜城。

眺（tiào，音跳）：望。

② 平芜：生满杂草的原野。堞（dié，音碟）：即女墙，城上的短墙。
③ 这句是说虽然登城赏景，但还不能排遣乡愁。黯（àn，音暗）：心神沮丧。
④ 京口：今江苏镇江。灭：消失。
⑤ 历阳：今安徽和县。

【品评】

　　这首诗写登城晚眺时的怀乡思旧之感。也许这次登眺是和上官伟长同去的，上官先有诗，严羽继和。中四句写登眺所见，是此诗重点。前二远景，后二近景。明李东阳《怀麓堂诗话》颇赏三四一联，赞为"真唐句也"。在江西派推尊杜甫，继而"四灵"及江湖派学习晚唐的时候，严羽独具只眼，提倡学盛唐，但由于才力不及，并不能达到李白、杜甫、王维、孟浩然所达到的高度。如这首写得不错的诗，风格倒颇接近"大历十子"中的刘长卿。

　　严羽以其所著《沧浪诗话》驰名后世。他提倡学习盛唐，认为盛唐诸人之作，词理意兴，无迹可求。而要达到这一境界，则要靠妙悟。这些议论，开创了后来神韵一派。钱锺书先生《宋诗选注》说：神韵派是"以'不说出来'为方法，想达到'说不出来'的境界"。这，乃是从严羽到清初王士禛诗论的最精简的概括，值得仔细玩味。

　　严羽《诗话》陈义甚高，而诗作不过如此，所以被不少人讥为眼高手低。这些人大概不承认理论可以独立于创作之外，而且知行合一，自来也只是一种理想的追求，特别是在文学艺术领域。

毛 珝 （生卒年不详）

字元白，三衢（今浙江衢县）人。曾多次赴试，均未及第。其他行迹不详。有诗集《吾竹小稿》一卷，今存。

甲午江行①

百川无敌大江流，　不与人间洗旧仇。②
残垒自缘他国废，③　诸公空负百年忧。④
边寒战马全装铁，⑤　波阔征船半起楼。⑥
一举尽收关洛旧，⑦　不知消得几分愁？⑧

【注释】

① 甲午：理宗赵昀端平元年（1234）。江行：在江中乘舟而行。
② 这两句是说在世世代代生活着的土地上，有上百条无与伦比的大河长江，可是不给人们冲洗掉过去的仇恨。也就是说，在壮

丽的河山里，依然存在着被侵略的仇恨。

③残垒：残余的堡垒。他国：指金。南宋统治者为了向金求和，曾经废除前线的军事设施，表示决不收复失地。

④这句是说大臣们没有能负起改变百年来历史局势的责任。西晋时王衍，字夷甫，任尚书令、司徒等大官，喜欢清谈，不理国政，最终导致西晋王朝的覆灭。后来东晋桓温说："遂使神州陆沉，百年丘墟，王夷甫诸人不得不任其责。"这里以王夷甫等喻南宋那些使国家陷于危亡的大臣们。诸公：指当时的执政大臣。百年：北宋皇朝于1127年倾覆，到这时已经过了一百年。

⑤装铁：披上铁甲。

⑥征船：战船。

⑦关：关中，泛指今陕西一带。洛：洛阳，泛指今河南一带。都是从1127年以后，就被女真贵族侵占的中原地区。

⑧这句是说即使收复了关洛，也还不能完全消除长期积累起来的仇恨和忧愁。

【品评】

蒙古于宋理宗宝庆三年（1227）灭西夏，端平元年灭金，北中国都被征服。从此，偏安的南宋政权面对着一个更强大的侵略者。当时有些人昧于整个形势，认为应该借金朝覆亡的机会，收复中原，以雪靖康之耻。毛珝就是其中之一。他这首诗的确写得风格雄壮，足以鼓舞士气。但诗人没有看到，极端腐朽的政权，是没有能力担承这一重任的。当时头脑清醒的人都知道，最重要而迫切的事，不是"尽收关洛旧"，而是如何抵御蒙古人的进攻。果然，在灭金以后，蒙古部队便挥戈南下，向江淮、湖北、四川等地进犯。严羽在《有感》中写道:"误喜残胡灭,那知患更长。黄云新战路,白骨旧沙场。巴蜀连年哭,江淮几郡疮。襄阳根本地,回首一悲伤。"毛珝的欢欣鼓舞与严羽的思远忧深形成强烈的对照。我们当然肯定毛的爱国之情,但不能不承认严更有见识,对现实局势理解得更深刻。1279 年,蒙古最终统一了全中国,建立了享国近百年的元朝。

诗人要如实地反映生活,必须有见识和学问,不能专靠才能与激情。关于这一点,杜甫也曾为后代树立了典范。

刘克庄 (1187—1269)

字潜夫,莆田(今属福建)人。宁宗嘉定二年(1209),以荫补将仕郎,迁真州(今江苏仪征)录事参军,知建阳县。因所赋《落梅》诗有"东风谬掌花权柄,却忌孤高不主张"之句,获罪,闲居十年。后起复,历知州郡。理宗淳祐六年(1246),赐同进士出身,除秘书少监兼中书舍人,又以忤权相史嵩之,贬知漳州。后累官至龙图阁学士。他是江湖诗派中唯一做到高官的人。有《后村先生大全集》一百九十六卷,今存。

国殇行[①]

官军半夜血战来,平明军中收遗骸。[②]
埋时先剥身上甲,标成丛冢高崔嵬。[③]
姓名虚挂阵亡籍,家寒无俸孤无泽。[④]
呜呼诸将官日穹,[⑤]岂知万鬼号阴风?[⑥]

【注释】

① 国殇(shāng,音伤):为保卫祖国而牺牲的人。
② 遗骸(hái,音孩):指留在战场上的尸体。骸,骨。
③ 丛冢:乱坟。崔嵬:高峻貌。

④ 籍：名册。俸：军饷。孤：孤儿。泽：抚恤。
⑤ 穹（qióng，音穷）：高。
⑥ 这句是说哪里知道死去的战士在阴风中悲痛地呼号着呢！

军中乐

行营面面设刁斗，① 帐门深深万人守。
将军贵重不据鞍，② 夜夜发兵防隘口。③
自言"虏畏不敢犯"， 射麋捕鹿来行酒。④
更阑酒醒山月落，⑤ 彩缣百段支女乐。⑥
谁知营中血战人， 无钱得合金疮药！⑦

【注释】

① 行营：作战时可以随时移动的军事指挥部。刁斗：晚上宿营时用来警戒或报更的器具。
② 不据鞍：不骑马作战。
③ 隘（ài，音爱）口：险要的地方。
④ 麋：又名驼鹿。
⑤ 更阑：更都快打完了，即天快亮的时候。阑，尽。
⑥ 彩缣：染了颜色的丝织物。支：给予。女乐：以妇女组成的供统治者享乐的歌舞班子。

⑦ 合：这里作配药解。金疮：刀箭等武器所造成的伤害。

【品评】

汉魏乐府歌辞，本采自民间，后由文士拟作。杜甫善于以乐府体写时事，并摆脱旧日传统，依据内容，另立新题，如《丽人行》《兵车行》《悲陈陶》《哀江头》等。其后李绅、白居易、元稹等便提出了"新乐府"这一名称。李绅首先写了《新题乐府》二十首（今佚），白居易继之写了《新乐府》五十首，元稹也和了其中十九首，使我国反映现实的诗歌又找到了一种适合的形式。宋人在这一方面的发展，在于运用新乐府体集中写某方面的生活，它不像元白之作的覆盖面那样广，所以也就写得更为细致。如范成大《腊月村田乐府》十首，专写农村风俗，刘克庄写了短小精悍的新乐府体诗十首。这十首没有总题，但前六首都是揭发当日边防工作的腐败的。这里所选两首很深刻地揭露了南宋末年军队中的黑暗：士兵们是忠勇的，但生前受了伤，药都没钱去配，战死以后，家庭也得不到抚恤；而将军们胆小如鼠，根本不敢和敌人进行斗争，但生活却异常奢侈淫靡。这，正是这个腐朽帝国不断地受到女真、蒙古贵族的侵略，而终于灭亡的重要原因之一。唐高适《燕歌行》云："战士军前半死生，美人帐下犹歌舞。"与《军中乐》略同，但刘克庄却写得更其具体，丰富了高适那两句的内容。

北来人二首

试说东都事,① 添人白发多。
寝园残石马, 废殿泣铜驼。②
胡运占难久, 边情听易讹。③
凄凉旧京女, 妆髻尚宣和。④

十口同离仳, 今成独雁飞。⑤
饥锄荒寺菜, 贫着陷蕃衣。⑥
甲第歌钟沸,⑦ 沙场探骑稀。⑧
老身闽地死,⑨ 不见翠銮归。⑩

【注释】

① 东都:指汴梁。北宋以汴梁为东京。
② 这两句是说北宋皇帝的陵园和宫殿都已遭到破坏。石马:皇帝陵墓道旁的陈列物。铜驼:西晋洛阳宫殿前面陈列着的铜制的骆驼。索靖预见到天下将要大乱,指着铜驼叹息说:"会见汝在荆棘中耳。"西晋果然不久被匈奴刘聪灭亡了。
③ 这两句是说金人的命运算来不会长久,可是对于敌情又往往得不着确实的消息。占:卜卦。边情:边界上的消息、动态。当时南宋朝廷不认真派人去探听消息,却听信一些谣言,例如女

真贵族夏天到东北去避暑,却误以为是金朝出了什么乱子,逃回了老家之类。因此诗人有此慨叹。

④ 这两句说,使人伤感的是汴梁虽然沦陷了多年,但人民仍然不忘故国,保留着汉族的风习。妆髻:发式。宣和:徽宗年号(1119—1125)。

⑤ 这两句是说从北方逃回南方的原有十人,如今只剩下自己一个。离仳(pǐ,音匹):离别。

⑥ 陷蕃衣:在金国时穿的衣服。蕃,同"番"。

⑦ 甲第:贵族豪门的住宅。歌钟:即编钟,古代一种编组的打击乐器,用以配合歌曲,故名。沸:沸腾,形容钟声的响亮。

⑧ 探骑:侦察骑兵。

⑨ 老身:那位逃回福建的人自指。

⑩ 这句是说,无法看到南宋皇帝的车驾回到东京汴梁,也就是在中原之地重建政权。翠銮(luán,音峦):帝王的车驾。以翠羽和銮铃为饰,故名。

【品评】

刘克庄有许多古体诗写得很好,但在其数量丰富的创作中,占主要地位的仍是今体律诗和绝句,尤其是五律和七绝。陈衍《宋诗精华录》说他"专攻近体,写景言情论事,绝无一习见语,绝句尤不落旧套。惟律句多太对,如难对易、如对似、为对因、无对有、觉对知、疑对信之类,在在而有"。这一评论大体如实。此外,这位诗人的今体诗过于追求巧对,有时还不免掉书袋,即过多地使用典故之病。

他的五律多写日常生活,如《夜过瑞香庵作》之"问客来何暮,云僧去未归。山空闻瀑泻,林黑见萤飞"及《郊行》之"山晴全体出,树老半身枯。林转亭方见,江侵路欲无"之类,都情真景豁,非常动人。

但这两首《北来人》大异其趣。它们是代一位从汴京逃归者抒发其愤慨与酸辛的。前一首二四两联侧重叙事,一三两联侧重述怀。交错写来,显得跌宕有致。末句与陆游梦中所见"凉州女儿满高楼,梳头已学京都样",事同情异,哀乐全殊。后一首写他南归后对现状的失望之情,结句又与陆游《示儿》"死去元知万事空,但悲不见九州同"同意。沉郁苍凉,在刘克庄的五言律诗中别具一格。

赠江防卒[①] 六首选二

战地春来血尚流, 残烽缺堠满淮头。[②]
明时颇牧居深禁,[③] 若见关山也自愁。

一炬曹瞒仅脱身,[④] 谢郎棋畔走苻秦。[⑤]
年年拈起防江字,[⑥] 地下诸贤会笑人。[⑦]

【注释】

① 江防卒：驻在淮水前线的士兵。

② 堠：瞭望敌情的堡垒。淮头：淮水边上。

③ 明时：太平年月。颇牧：廉颇和李牧，战国时代赵国的名将。深禁：警卫森严的深宅大院。这是一句反语，因为当时金兵压境，并不太平，但将军们依旧躲在深宅大院玩乐，而且他们的本领也绝比不上颇、牧。

④ 这句是指建安十三年（208）赤壁之战中，周瑜率领孙权、刘备的军队，用火攻计将几十万曹兵杀得大败，曹操本人仅得幸免一死。南宋偏安，所以在历史上推尊蜀汉，视为正统，以赤壁之战曹败刘胜为正义的胜利。一炬：一把火。曹瞒：曹操的小名。

⑤ 这两句是以历史事实表明不能坐失良机，必须积极抗金。谢郎：指谢安。苻秦：晋时五胡十六国中氐族建立的前秦，君主姓苻。这里是指苻坚。太元八年（383）淝水之战中，苻坚派了近百万的军队大举侵略东晋，而主持这次反侵略正义战争的宰相、征讨大都督谢安，却大会亲友，还和他的侄儿前锋都督谢玄下围棋，态度非常镇定。由于他掌握了敌人的弱点，结果把苻坚打得大败。

⑥ 这句指在官府文书中，每年照例地提起江防这件事。

⑦ 地下诸贤：指死去的周瑜、谢安等人。

【品评】

从嘉泰四年（1204）宋韩侂（音托）胄定议伐金，一直到嘉定十七年（1224）宋金议和，这二十年中，双方经常发生战争，互有胜负。《赠江防卒》六首，以讽刺的手法，记录了当时宋朝军队中的一些阴暗面，与其乐府体所写作品《国殇行》《军中乐》等篇相同。韩侂胄在军事条件准备得很不充分的情况下，举兵北伐，以致被金兵反扑过来，直到江边。诗中"居深禁"的"明时颇牧"，可能就是指的这位权臣。

这两首诗，第一首讽刺当时将帅虽然身居要职，却深藏禁地，从不亲临前线，因此对战场上的情况，主要是战败后的惨状，一无所知。诗人认为他们如果看到实情，也会发愁。这种写法，也就是鲁迅在回答什么是讽刺这个问题时所说的："讽刺作者虽然大抵为被讽刺者所憎恨，但他常常是善意的，他的讽刺在希望他们改善，并非要捺这一群到水里。然而待到同群中有讽刺作者出现的时候，这一群却是已经不可收拾，更非笔墨所能挽救了，所以这努力大抵是徒劳的。"第二首当然也是讽刺诗，但着眼于以历史事件为对比。意在说明历史上是有以弱胜强、以小胜大的战例，如果正义是在弱小一边的话。但当时局势却并非如此，其为人谋不善可知。地下诸贤之笑，实际上是当时朝野之悲，这是不言而喻的。

方　岳 (1199—1262)

字巨山,祁门(今属安徽)人。理宗绍定五年(1232)登进士第。淳祐中,为赵葵参议,移知南康军,忤贾似道,后知袁州,又忤丁大全,被劾罢归。所撰《秋崖先生小稿》文集四十五卷、诗集三十八卷,今存。

三虎行

黄茅惨惨天欲雨,　老乌查查路幽阻。①
田家止予且勿行,②前有南山白额虎。
一母三足其名彪,③两子从之力俱武。
西邻昨暮樵不归,　欲觅残骸无处所。
日未昏黑深掩关,　毛发为竖心悲酸,④
客子岂知行路难!
打门声急谁氏子,⑤束蕴乞火霜风寒。⑥
劝渠且宿不敢住,　袒而示我催租瘢。⑦
呜呼!李广不生周处死,负子渡河何日是?⑧

【注释】

① 查（zhā，音渣）查：即"喳喳"，鸟叫声。幽阻：黑暗而危险。
② 予：同"余"，我。
③ 彪：原义是小虎。这里说三只脚的虎叫彪，是民间传说。
④ 毛发为竖：就是俗话说的汗毛直竖，极其害怕的样子。
⑤ 谁氏子：姓什么的人，指陌生人。
⑥ 蕰：草把。乞火：讨个火种。
⑦ 袒（tǎn，音坦）：脱掉上衣。催租瘢（bān，音般）：因无力交纳租税而被官吏鞭打留下的伤疤。
⑧ 这两句是说，现在既无为民杀虎除害的英雄人物如李广、周处，更不知哪一天才有像刘昆那样大行仁政的好官。李广：汉朝的神箭手。一次，他在晚间射杀一虎，天亮后，才看到原来是一块巨石，箭镞已嵌入石中。周处：西晋人，年轻时不学好，糟害地方。大家把他同山中一虎、水中一蛟并称为三害。他听到后，奋然改过，上山杀了虎，下水斩了蛟，自己也规规矩矩做人，除掉了三害。负子渡河：东汉刘昆做弘农太守，三年之后，仁化大行，老虎都不敢在弘农待下去，纷纷背上小虎过河。

【品评】

《礼记·檀弓》记载了一个故事：孔子在泰山旁边走过，看到一位妇女在坟墓上痛哭，便要子路去问。子路问道："看你哭成这样，是有非常痛苦的事情吧！"回答道："是的。以前我公公被老虎咬死了，接着是我丈夫，现在我儿子又遭到同样的命运。"孔子说："那你为什么不迁居呢？"回答是"这里没有苛政（繁重的杂税和劳役）"。于是孔子对学生们说："要记住，苛政是比老虎更凶的。"孔子以后，几千年的生活中还反复不断地出现苛政猛于虎这一严酷的事实，就使得文学作品中也反复不断地出现这一主题。由此可见，作品的主题来自生活中的矛盾。只要生活中某种矛盾没有解决，或没有缓和，也就会产生反映这一问题的作品，作为解决它或改进它的动力。这也便是文学的社会效用。

罗与之 （生卒年不详）

字与甫，吉安（今属江西）人。有《雪坡小稿》二卷，今存。

寄衣曲二首

忆郎赴边城，几个秋砧月。①
若无鸿雁飞，②生离即死别。

此身傥长在，敢恨归无日。
但愿郎防边，似妾缝衣密。

【注释】

① 这句是说，秋天捣衣寄远，已有几年。古时以丝织物做衣，缝

制以前，要先将其浸泡水中，在砧上用杵捣过，使之平贴，易于裁剪。

② 鸿雁是候鸟，南来北往有定时。古人传说，可以将书信系在鸿雁的脚上，传递到很远的地方。

【品评】

　　唐宋时代，出征军人的家属每到秋天，就要为在远方的亲人打点缝制寒衣。所以寄衣这个主题在诗中习见。李白《子夜吴歌·秋歌》云："长安一片月，万户捣衣声。秋风吹不尽，总是玉关情。何日平胡虏，良人罢远征。"杜甫《捣衣》云："亦知戍不返，秋至拭清砧。已近苦寒月，况经长别心。宁辞捣熨倦，一寄塞垣深。用尽闺中力，君听空外音。"足为这类作品的代表。但罗与之在这两首五言绝句中，却将这个习见的题材挖掘得更深一层。他人诗中只说妻子寄衣，很少说征夫回信，而罗诗前一首中则暗示虽然丈夫数年未归，可是人还活着，因为每年收到寒衣之后，都有回信。后一首则写出了在南宋末年，大敌当前，国亡无日的时候，一位普通士兵妻子的爱国御侮之情。她不像一般妻子那样，只希望丈夫快些回家。这些新意，都是以前这类诗所稀见的。

许棐（生卒年不详）

字忱夫，海盐（今属浙江）人。有《梅屋诗稿》一卷、《融春小缀》一卷、《梅屋第三稿》一卷、《梅屋第四稿》一卷，今存。

泥孩儿

牧渎一块泥，① 装塑恣华侈。
所恨肌体微， 金珠载不起。
双罩红纱厨， 娇立瓶花底。②
少妇初尝酸，③ 一玩一心喜。
潜乞大士灵，④ 生子愿如尔。
岂知贫家儿， 呱呱瘦于鬼。
弃卧桥巷间， 谁或顾生死？
人贱不如泥， 三叹而已矣！⑤

【注释】

① 牧渎：牛喝水的溪沟。
② 这两句是说富贵人家买回的一对小泥孩儿被放在红纱橱中，瓶花的脚下。
③ 尝酸：指怀孕。怀了孕的妇女就喜欢吃酸东西。
④ 大士：菩萨。这里特指送子观音。
⑤ 三叹：反复叹息。三，表示多数。

【品评】

　　这首诗中的泥孩儿，即宋元时的摩喝乐，又名摩睺罗。宋孟元老《东京孟华录》云："七月七日……皆卖摩喝乐，乃小塑土偶耳。悉以雕木彩装栏座，或用红纱碧笼，或饰以金珠牙翠，有一对直数千者。"吴自牧《梦粱录》亦云：七夕，"内廷与贵宅皆塑卖磨喝乐，又名磨睺罗孩儿，悉土木雕塑，更以造彩装栏座，用碧纱罩笼之，下以桌面架之，用青绿销金玉珠翠装饰，尤佳"。这些文献可以使我们对许棐此诗理解得更清晰一些。这种每年都展览售卖的小玩意儿，在敏感的诗人和艺术家眼中，却成为不公平的社会生活最好的实证。张乐平的连环画《三毛流浪记》中有一组题为《不如洋娃》的画，画的是一家大百货公司的橱窗里，陈列着洋娃娃，标明每个特价十万元。同时附近有穷人在卖孩子，一个标价七万元，一个标价五万元，而三毛自己则标着：我卖一万元。许棐与张乐平都看到生活中使他们毛骨悚然的现象，而将其成功地表现出来，虽然其所用的艺术形式是各异的。（张乐平画中的物价，更打下了鲜明的时代烙印。）

叶绍翁 （生卒年不详）

字嗣宗，祖籍建安（今属福建），自署龙泉（今属浙江）人。有《靖逸小集》一卷，今存。

游园不值[①]

应怜屐齿印苍苔，[②] 小扣柴扉久不开。[③]

春色满园关不住，一枝红杏出墙来。

【注释】

① 不值：没有遇上。
② 这句是说由于站得太久，以致木屐底下的齿把门前的青苔都踩出痕迹来了，未免可惜。屐（jī，音机）：木制鞋，鞋底有齿以防滑。
③ 扣：同"叩"，敲。

【品评】

门前长有青苔,足见这座花园的幽僻,而主人又不在家,敲门很久,无人答应,更是冷清,可是红杏出墙,仍然把满园春色透露了出来。从冷寂中写出繁华,这就使人感到一种意外的喜悦。

陆游《马上作》云:"平明小陌雨初收,淡日穿云翠霭浮。杨柳不遮春色断,一枝红杏出墙头。"与此诗后半辞意颇同。陆游在南宋诗名极大,江湖后辈叶绍翁多半读过《马上作》而有所沿袭。在创作中,后人往往有类似和全同前人的语句。这有两种情况:一是无心偶合,一是有意借用。前者如《蔡宽夫诗话》云:"元之(王禹偁)本学白乐天诗,在商州尝赋《春日杂兴》云:'两株桃杏映篱斜,装点商州副使家。何事春风容不得?和莺吹折数枝花。'其子嘉祐云:'老杜尝有"恰似春风相欺得,夜来吹折数枝花"之句,语颇相近。'因请易之。元之忻然曰:'吾诗精诣,遂能暗合子美邪。'更为诗曰:'本与乐天为后进,敢期杜甫是前身。'卒不复易。"后者如文天祥《集杜诗·自序》云:"凡吾意所欲言者,子美先为代言之。日玩之不置,但觉为吾诗,忘其为子美诗也。乃知子美非能自为诗,诗句自是人情性中语,烦子美道耳。子美于吾隔数百年,而其言语为吾用,非情性同哉!"文天祥全集杜句以抒怀抱,这种文学现象当然是个别的,但沿袭前人创造的某些境界、手法与语言,则是较普遍的。如果在沿袭中还能够青出于蓝而胜于蓝,也许还是应该受赞赏的。正因为如此,读者便从来有意忽略晏几道《临江仙》中"落花人独立，微雨燕双飞"是这位词人攘夺五代翁宏的诗句以为己有；也不追究和苛责叶绍翁这首诗和陆游那首诗的后半何以如此相近。广大文学爱好者这种宽容，值得专业工作者深思。

家铉翁 （1213—1297）

眉州（今属四川）人。以荫补官，知常州，累迁户部侍郎，赐进士出身，拜端明殿学士，签书枢密院事。奉命使元，被留。闻宋亡，哭泣不食。元人欲官之，不受，后得放还。有《则堂集》，今存六卷。

寄江南故人

曾向钱塘住,[①] 闻鹃忆蜀乡。
不知今夕梦，到蜀到钱塘？

【注释】

① 向：犹在。钱塘：今杭州，亦即南宋都城临安。

【品评】

此诗当是作者奉使元朝，因宋亡而被羁留不能南归时所作。第一句是自己曾在南宋朝廷做官的婉曲说法。第二句含蕴非常丰富：杜鹃鸟四川最多，叫声像"不如归去"这句话。又相传它是古时蜀国皇帝杜宇所变。蜀中人民对这位传说中的皇帝很敬爱，每逢夜半听到杜鹃叫，就起来对它下拜。杜甫在四川的时候，因为感叹唐玄宗遭安史之乱，流离迁播，也曾按照蜀中风俗，闻鹃下拜，以表自己对祖国之忠诚。作者是四川人，这句诗写闻鹃思乡，也暗含有对已经覆灭的民族政权的深切怀念。后两句以"不知"两字领起，极妙。因为梦到钱塘故国和梦到蜀中故乡，对于诗人来说，都是向江南故人表示梦想恢复民族政权，实际上是一回事。

文天祥 （1236—1282）

字宋瑞，又字履善，吉水（今属江西）人。理宗宝祐四年（1256）进士第一。恭帝德祐二年（1276），元兵南侵，天祥应诏勤王，拜右丞相。奉派至元营请和被执，后逃脱，奉端宗于福州，封信国公。景炎三年（1278），复为元将张弘范所执。被囚燕京（今北京）三年，从容就义。所撰《文山先生文集》十七卷，今存。

过零丁洋①

辛苦遭逢起一经，② 干戈落落四周星。③
山河破碎风抛絮， 身世飘摇雨打萍。
惶恐滩头说惶恐，④ 零丁洋里叹零丁。⑤
人生自古谁无死， 留取丹心照汗青。⑥

【注释】

① 零丁洋：今广东中山南边的海面。
② 起一经：指自己由科举出身。古代科举时，每人都要考试自己所专门研究的一种经书。文天祥考取状元，又做到丞相，但他

所处的时代，宋帝国已经濒于危亡，他支撑残局，非常辛苦，所以首句这么说。

③ 落落：多貌。周星：木星约十二年绕太阳一周，古人用它来纪年，称十二年为一周星。同时，地球则约十二个月绕太阳一周，相当于前者的十二分之一，也可借称十二个月为一周星。这里是用后一个解释。本诗作于帝昺祥兴二年（1279）正月十二日。四周星是指恭帝德祐元年（1275）到祥兴元年（1278）。德祐元年，文天祥起兵抗元，祥兴元年，不幸被俘。这四年当中，战斗频繁激烈，所以说干戈落落。

④ 这句是对当时感到惶恐的回忆。惶恐滩：江西赣江由万安到赣州共有十八个滩，其中最险恶的一个是惶恐滩。惶恐，惶惑和恐惧，引申也有惭愧的意思。景炎二年（1277），文天祥在家乡吉水附近的空院被侵略者打败。妻欧阳氏，妾颜氏、黄氏，次子佛生，女柳娘、环娘都被俘北去。只有母亲曾夫人和长子道生随着他经由赣江惶恐滩一带，退往汀州。

⑤ 这句是写当时感到零丁的心情。零丁：孤独貌。1278年，文天祥在今广东海丰的五坡岭被元将张弘范俘获。张弘范要继续追击在厓山的帝昺，强迫他随船前往。经过零丁洋时，文天祥就写了这诗。

⑥ 丹心：红心，忠心。照汗青：照耀史册。汗青，在纸没有发明以前，古人写字用竹简，先将竹简用火烤干水分（竹汗），可以防蛀，称为汗青。这里指用竹简写的历史。

【品评】

　　文天祥是我国历史上伟大的抗元英雄。他二十岁就状元及第，少年得志，不免纵情声色。后来元兵南侵，江淮告急，便一改故态，精忠报国，至死不渝。诗风也一变为雄浑沉挚。其集中《指南录》《吟啸集》《集杜诗》等部分，忠义慷慨，可泣可歌，为我国文学添加了光辉的篇章。

这首诗作于宋亡的那一年。当时帝昺君臣逃到厓山，张弘范追踪袭击。最初由于另一位抗元英雄张世杰防御得力，没有攻下。张弘范要被囚随军的文天祥写信劝张世杰投降，文天祥就将这首诗给张弘范看，挫败了诱降的阴谋。但不久，厓山宋营仍然陷落了。

事后，张弘范在厓山一块石头上大书"张弘范灭宋于此"。后来有人在这行字上面加了一个"宋"字，成为"宋张弘范灭宋于此"。又有人在石旁题诗道："勒功奇石张弘范，不是胡儿是汉儿。"

郑思肖 (1241—1318)

连江(今属福建)人。原名不详,后改名思肖,字忆翁,号所南,以表思念南方的赵宋之意。初以太学上舍生应博学宏词科,元兵南下时,曾叩阙上书,不报。宋亡,侍父隐居吴下,后浪游四方以终。著有《所南翁一百二十图诗集》一卷、《郑所南文集》一卷、《心史》七卷。《心史》所收诗文,多及宋亡时事,旧无传本,明崇祯十一年(1638),在苏州承天寺井中被发现,盛以铁函,上题"大宋孤臣郑思肖百拜封",故又称《井中心史》或《铁函心史》。

二 砺①

愁里高歌《梁父吟》,② 犹如金玉戛商音。③
十年勾践亡吴计,④ 七日包胥哭楚心。⑤
愁送新鸿哀破国,⑥ 昼行饥虎啸空林。⑦
胸中有誓深如海, 肯使神州竟陆沉?⑧

【注释】

① 砺:磨刀石。磨炼自己的志气也叫作砺。作者写了好些篇这样

的诗,都以砺为名,如《一砺》《二砺》等。

② 《梁父吟》:古乐曲名,即《梁甫吟》。相传诸葛亮爱唱《梁父吟》。作者倾慕诸葛亮要以"鞠躬尽瘁,死而后已"的精神"北定中原",要向他学习,所以这么说。

③ 这两句是说,自己歌唱起《梁父吟》来,和以金玉制的乐器奏出商调的声音一样悲壮。金:指铜制乐器,如钟等。玉:指玉或石制乐器,如磬等。戛(jiá,音夹):敲击。商:乐调名,其声悲凉慷慨。

④ 勾践:春秋时越王名。父为吴王阖闾所败。勾践继位,在槜(zuì,音罪)李击败吴国的军队。后又为阖闾的儿子夫差所败,被困于会稽,只好屈辱求和。他卧薪尝胆,发愤图强,十年生聚,十年教训,终于兴兵灭吴。

⑤ 这句是说,自己有申包胥那样的忠心,可惜无处可以求救。包胥:申包胥,春秋时楚臣名。楚昭王时,吴兵伐楚,一直打到楚国的都城郢,昭王也逃走了。申包胥看到局势危急,就到秦国去哭求救兵。秦哀公最初不肯出兵,申包胥就在秦国的朝廷痛哭,达七天之久,终于感动秦君,出兵打退了吴军。

⑥ 鸿雁是每年南去北来的候鸟,今年新到南方,南方的宋朝已经灭亡,是个破国了,鸿雁看到,同样是要为之悲哀的;而诗人呢,则忧愁地送着新到南方的鸿雁去哀怜破碎的祖国。

⑦ 老虎敢在大白天跑出来,在空林中都无从找到食物,那么,经过侵略者横暴地杀掠之后,人烟稀少,城野荒凉的情况也就可想而知了。啮(niè,音聂):咬。

⑧ 神州:中国。晋桓温曾称西晋为胡人所灭为神州陆沉,已见前。陆沉:大地沦陷水中。

【品评】

　　郑思肖是南宋遗民中公然表达自己和元朝不合作态度的少数人之一。他因亡国改了名字，他坐必朝南，每逢节日，必南向野哭。他听到北语（蒙古语）就掩耳走开。他兰花画得很好，但宋亡后绝不画土，根都裸露在外面。有人问他为什么，他反诘道："土地被番人夺去了，根又栽在哪里呢？"也许由于他没有参与实际的反抗运动，生前也没有广泛流布那些用非奴隶语言所写的诗文，所以才幸免于被迫害。

　　这首载于《心史》的诗，是诗人发出的庄严的誓言。正因为富于民族精神的人民决不能忍受神州陆沉，所以当蒙古贵族建立元朝以后，人民从来没有一天停止过与侵略者进行最坚决的斗争，终于不到一个世纪，就推翻了建立在民族压迫基础之上的蒙古贵族统治。这不仅对汉族人民的发展前途是有利的，对蒙古族人民也同样有利。因为，如我们所熟知，任何民族，当它还在压迫别的民族时，它自己也不可能成为自由的民族。

汪元量 （约1241—约1317）

字大有，钱塘人。宋末宫廷琴师。宋亡，随三宫入燕，后被放还，出家为道士以终。所著《湖山类稿》，以今人孔凡礼校辑本最备，凡五卷。

醉歌十首选二

乱点连声杀六更，①荧荧庭燎待天明。②
侍臣已写归降表，臣妾佥名谢道清。③

南苑西宫棘露牙，④万年枝上乱啼鸦。⑤
北人环立阑干曲，手指红梅作杏花。

【注释】

① 这句是说到了六更，已是百官入朝的时候。通常每夜分五更，

每更分五点。宋初有民谣云："寒在五更头。"统治者忌讳这句话，所以宫中在五更之后，又敲梆打鼓，叫作虾蟆更，禁门这时才开，百官随即进入。这也就是六更。乱点连声：指敲梆打鼓。杀：同"煞"，收束。

② 荧荧：光微弱貌。庭燎：大烛。大烛而以荧荧形容之，是暗示局面的悲惨。

③ 金：同"签"。谢道清是理宗的皇后，帝㬎的祖母，即所谓太皇太后，当时宋宫里最尊贵的人物，所以由她在归降表上签名。古代风习，在被敌人打败后，屈膝投降，男为人臣，女为人妾。故谢道清在降表上称臣妾。

④ 牙：同"芽"。宫苑中荆棘露芽，可见已经无人管理。

⑤ 万年枝：即冬青树。宋宫中多种这种树。宋亡后，皇帝的陵墓被侵略者发掘，遗民们收拾遗骨重葬，也种冬青作为标志，所以宋遗民怀念故国的诗歌中常常提到它。

【品评】

汪元量是一位侍候宫廷贵妇的琴师，他无功名，无官职。在他的作品中，没有像文天祥、郑思肖等人那样悲壮激烈的情感，而对故国沦亡的伤痛则同。他根据当日目睹的南宋政府屈膝投降、三宫北行及临安残破等许多事实，写了一系列的连章诗，如《醉歌》十首、《杭州杂诗和林石田》二十三首、《湖州歌》九十八首、《越州歌》二十首等。除和林之作为五言律诗外，其余皆七言绝句。他的这些作品写得哀怨，充满了无可奈何的感情，可算是"哀以思"的"亡国之音"。而其从多视角勾画出来的征服者和被征服者的生活画面，则是十分真实的，具有无可比拟的史料价值。

《醉歌》杂写德祐二年(1276)襄阳失守,元兵直逼临安,宋朝派大臣向元丞相伯颜上传国玺和降表,伯颜接管政府,出示安民等事。这里选录的第一首只陈事实,而对太后之轻信投降派,不和封疆大吏商量便不战而降之不满,却非常明显。这就是"春秋笔法":直书其事,而其义自见。

另一首借宋三宫北迁,元兵闯入宫禁,不识红梅这样一件小事,暗示宋朝的灭亡。着墨虽淡,而用意极为沉痛。其即小见大,正和杜牧之"东风不与周郎便,铜雀春深锁二乔"及陆游之"凉州女儿满高楼,梳头已学京都样"同意。但杜、陆都是虚拟,而此首所写则是事实。

湖州歌九十八首选二

一掬吴山在眼中,① 楼台叠叠间青红。②
锦帆后夜烟江上,③ 手抱琵琶忆故宫。

青天淡淡月荒荒,④ 两岸淮田尽战场。
宫女不眠开眼坐, 更听人唱《哭襄阳》。⑤

【注释】

① 这句是形容远望吴山,体积很小,好像可以用手捧起来。一掬（jū,音居）：一捧。吴山：一名胥山,又名城隍山,在今杭州市西湖东南。

② 这句是说许多饰以青色和红色的楼台高低错落地建筑在吴山之上。叠叠：重叠的样子。间（jiàn,音见）：间隔。

③ 锦帆：隋炀帝游江都时所乘龙舟曾以锦作帆。这里指南宋宫女在国亡被俘之后乘坐着北去的船。

④ 淡淡：水摇动的样子,这里用以形容天清澈得和水一样。荒荒：辽阔而寒冷的样子。

⑤《哭襄阳》：当时流传的一首民间歌曲。襄阳一向是历史上南北兵争的要害地区。元兵于度宗咸淳三年（1267）围攻襄阳,吕文焕一直坚守到咸淳九年（1273）,而宰相贾似道始终不派兵去救,吕终于献城出降。襄阳一失,元兵就长驱直入了。

【品评】

《湖州歌》是汪元量集中最大的一组诗,所写为德祐二年（1276）二月,伯颜从临安东北的临皋山进驻湖州,派人向宋朝索取降表,解散宋朝政府,迫令三宫北迁诸情事,故以《湖州歌》为名。共九十八首,其中一至六写元兵入杭,宋室投降；七至六十八写三宫赴燕及途中情况；六十九至九十八写三宫抵燕以后生活杂事。通过已亡之宋与新建之元在接触中的多方对比,活现了当日的历史。

这里所选的为第五、第三十八两首。第五首写宫女们在出发前面对故国故都的留恋之情。前两句实写眼前所见景物，后两句揣想旅途生活情况。第三十八首写宫女北上，在不眠之夜经过荒凉的淮河，听到民谣《哭襄阳》的情形。作者《醉歌》中有一首写道："吕将军在守襄阳，十载襄阳铁脊梁。望断援兵无信息，声声骂杀贾平章。"（贾似道时为同中书门下平章事，即丞相）也许就是《哭襄阳》的部分内容。这两首诗写本来就完全不能主宰自己命运，而今又被投入更为悲惨命运的小人物的心态，着色很淡，感人却深。

林景熙 （1242—1310）

字德阳，平阳（今属浙江）人。咸淳七年（1271），以太学上舍生入仕，历泉州教授、礼部架阁，转从政郎。宋亡后，隐居不出。有《霁山集》五卷，今存。

梦中作① 四首

珠亡忽震蛟龙睡，② 轩敞宁忘犬马情。③
亲拾寒琼出幽草，④ 四山风雨鬼神惊。⑤

一坏自筑珠丘土，⑥ 双匣犹传竺国经。⑦
独有春风知此意，年年杜宇泣冬青。⑧

昭陵玉匣走天涯，⑨ 金粟堆前几暮鸦。⑩
水到兰亭转呜咽，不知真帖落谁家。⑪

珠凫玉雁又成埃,^⑫斑竹临江首重回。^⑬

犹忆年时寒食祭,天家一骑捧香来。^⑭

【注释】

① 元世祖至元二十一年(1284),江南释教总统杨琏真伽奉元帝命令,为了镇压汉族人民,发掘了南宋皇帝的陵墓。事后,林景熙、唐珏、谢翱等人,一同暗中将宋帝骸骨搜集、埋葬起来。高宗、孝宗的骸骨埋在兰亭(在今浙江绍兴西南),后来又找到理宗的骸骨,合埋在一起。此组诗共四首,就是为此而写。这组诗也有记载说是唐珏写的。

② 这句是说陵墓被掘,群情震动。古代传说,深渊里住着骊龙,颌下有宝珠。人们要想获得宝珠,一定要等骊龙睡熟之后才能去摘取。这里用来影射诸陵被掘之事。珠亡:比喻殉葬珠宝被劫。蛟龙睡:比喻宋帝死后长眠。蛟龙,复词偏义,这里偏指龙。

③ 轩:车。敝:坏。《礼记·檀弓》:"敝帷不弃,为埋狗也;敝盖不弃,为埋马也。"这种习俗说明了车的帷盖和犬马是有关联的。车子坏了,虽犬马也难以忘情,比喻国破家亡,臣民也不能不感到痛苦。

④ 寒琼:诸帝白骨的美称。琼,美玉。陵墓被掘之后,林等扮成乞丐,背着箩筐,带着竹夹,暗中贿赂那些掘墓的人,将高宗、孝宗的骸骨捡进箩中,装成两盒,偷偷地运走。

⑤ 这句的意思是,人民对于敌人暴行所进行的斗争,足使天地鬼神为之感动。

⑥ 一坯(pī,音批):一堆。古代神话,舜埋葬在苍梧之野,有许

多名叫凭霄的神鸟，嘴里含着青沙珠飞来，在葬处积成一个堆，称珠丘。这是将兰亭的宋帝新墓比成舜陵，林等比为神鸟。

⑦ 林等将宋帝的两盒骸骨葬在兰亭，种上冬青作为标志，并托言盒中装的是佛经。佛经来自天竺国（印度），所以称为竺国经。

⑧ 杜宇：即杜鹃鸟，相传是蜀国国主杜宇变的，故称杜宇。冬青：宋宫中多种这种树。这里以杜宇比宋帝，冬青指其兰亭新墓，想象先朝皇帝在九泉之下，也会为自己身后的不幸遭遇而哀伤。

⑨ 东晋穆帝司马聃永和九年（353），王羲之与孙绰、谢安等四十一人在兰亭修禊赋诗，王羲之作了一篇《兰亭集序》，并亲自书写。他是书法大师，这份墨迹极为后世宝重。唐太宗李世民非常欢喜王羲之的字，用计从王的七世孙智永和尚的弟子辩才手中得到了《兰亭集序》的真本。太宗死后，高宗遵照遗嘱，将这份真迹藏在一个玉匣里，放进了太宗的坟墓昭陵。可是后人将昭陵打开，却没有看到这真迹。这里是暗喻宋帝的骸骨在被掘暴露之后又迁走了。

⑩ 这句是借金粟堆来指宋帝诸陵，形容其被掘后之残破荒凉。金粟堆：即金粟山，在今陕西蒲城东北，唐玄宗墓泰陵所在地。

⑪ 这两句是借兰亭真帖的失踪，引起人们系念，比喻诸帝骸骨已被秘密改葬兰亭，但许多人还不知它们到底被抛散到什么地方去了，因此悲泣。呜咽（yè，音夜）：悲泣声，也可以用来形容水流声。帖：将字摹刻在石或木上，然后用纸拓下来，叫作帖。

⑫ 这句是说诸陵被掘，殉物化为尘埃。相传秦始皇葬在骊山，墓室内以"人膏为灯烛，水银为江海，黄金为凫雁"（见《汉书·刘向传》）。这里以珠玉代黄金，仍指墓中殉葬物。

⑬ 这句是借二妃哭舜的故事，来说明遗民对故国的深厚感情。

诸帝骸骨虽已重行埋葬,但自己回思前事,仍感悲痛。斑竹:相传帝尧的女儿娥皇、女英嫁给帝舜为妃。舜死后,娥皇、女英痛哭,泪点洒在竹上,便成为斑竹。重(chóng,音虫):再。
⑭ 这两句是说,还记得当年每逢寒食节,皇家都要派专使捧着香来扫墓,可是现在又如何呢?年时:当年。天家:皇家。

【品评】

在封建社会中,皇帝一般被认为是天然尊长,是国家和民族的象征,皇帝的陵墓当然也是神圣不可侵犯的。而侵略者为了打击广大人民的民族自尊心,居然使用了发掘陵墓这种最残暴、最下流无耻的行为。针对这种行为,遗民们进行了英勇斗争,并发为诗歌,加以揭露,这当然也表现了作者们的忠君思想,但更其主要的,则是表现了他们的民族气节。

这一组诗,既隐约又分明地记载了遗民们这次反凌辱斗争,反映了人民对这一事件的悲痛和愤怒。正如谢翱在《冬青树引别玉潜》诗中所云:"恒星昼霣夜不见,七度山南与鬼战。愿君此心无所移,此树终有开花时。"对于故国兴复的希望和信心,乃是这一义举和这些诗作的思想基础。

在诗歌创作中,若作者不想全然公开自己的内心世界,就往往以各种艺术手段将其在一定程度和范围内掩饰起来,不论在诗的题目或字句上,都是如此。这种掩饰的动机,有出于男女私情的,也有出于政治纠纷的。但若是出于被压迫者对压迫者的反抗和揭露,以保存自己以便继续战斗,这种掩饰也就更加隐秘。像林景熙这四首和另外一些宋遗民诗就是这种用奴隶的语言写成的作品,同时也是被压迫者反抗和推翻压迫者进军时的号角。

山窗新糊有故朝封事稿,阅之有感①

偶伴孤云宿岭东, 四山欲雪地炉红。
何人一纸防秋疏,② 却与山窗障北风。③

【注释】

① 故朝:过去的朝代,指宋朝。封事:古代臣子上给皇帝的秘密奏章,都用囊装起,以防泄露,称为封事,也称囊封。
② 防秋疏(这里读去声):上给皇帝关于防秋的奏章,即题中的封事。在古代,每逢秋高马肥的时候,北方的游牧民族就要乘机南侵,因此,每年秋天都必须加强防卫,叫作防秋。
③ 障:挡。北风:暗喻从北方来的蒙古贵族侵略者。

【品评】

　　为了防止北方敌人在秋天入侵而上给朝廷的秘密文书,在政权覆灭后,不知经过多少沧桑,最后竟然被当作糊窗纸用了。诗人看了,感慨无穷,这是完全可以理解的。但诗人同时也告诉后人,即使是一张纸,也还在抵抗着北风,何况侵略者面对的是千百万人民呢?

作者是在一次旅行途中,借宿某地,偶然发现这件事的。这是一次孤独的旅行,不仅无人结伴,连视野所及的天空中也只有一片孤云,这就正好衬托着这位遗民的凄凉心境。天气也不好,快下雪了,地炉熊熊地燃着木柴,虽然暖和,但窗户若没有糊纸,北风不断吹进来,可就大不同了。写旅行,写寄宿,写欲雪,写取暖,最后才写发现窗子是新糊的,糊窗纸上还有字迹。层层递进,开始一直都是很惬意的,最后却突然变得伤心,而在伤心的同时,又产生了信心。这首小诗值得我们重视,主要就在于它显示了人在逆境中的希望。

谢翱 (1249—1295)

字皋羽,长溪(今属福建)人。景炎元年(1276)七月,文天祥在南剑州建都督府,翱倾家募乡兵投效,任咨议参军。天祥殉国后流浪浙江,尝登西台,设天祥神主,酹奠号泣,作《西台恸哭记》,卒于杭州。有《晞发集》十卷,今存。

效孟郊体七首选三

闲庭生柏影,荇藻交行路。[①]
忽忽如有人,[②]起视不见处。
牵牛秋正中,海白夜疑曙。[③]
野风吹空巢,波涛在孤树。[④]

落叶昔日雨,地上仅可数。
今雨叶落处,可数还在树。[⑤]
不愁绕树飞,愁有空枝垂。[⑥]

天涯风雨心,杂佩光陆离。⑦

感此毕宇宙,⑧涕零无所之。⑨

寒花飘夕晖,美人啼秋衣。

不染根与发,良药空尔为!⑩

闺中玻璃盆,贮水看落月,

看月复看日,日月从此出。

爱此日与月,倾写入妾怀。⑪

疑此一掬水,⑫中涵济与淮。⑬

泪落水中影,见妾头上钗。

【注释】

① 这两句写月光如水,照着柏树,而柏影映在路上,如有荇藻浮在水中。苏轼《记承天寺夜游》:"庭下如积水空明,水中藻荇交横,盖竹柏影也。"此用其语。闲庭:空庭。荇藻:两种水草。

② 忽忽:恍惚不定的样子。

③ 这两句是作者在秋夜独处的寂寥之感。仰观则牵牛当头,正是仲秋季节,平视则海色生白,好像天已发亮。牵牛:星名,俗称牛郎星,隔银河与织女星相对。曙:天亮。

④ 这两句以鸟去巢空,但余孤树,暗喻南宋灭亡,帝后被掳北去,人民流离失所,作者《重过(杭州故宫)》云:"复道垂杨草欲

交，武林无树着凌霄。野猿引子移来住，覆尽花枝翡翠巢。"与此同意。

⑤ 这四句以秋雨中树叶愈落愈少比喻国势日益衰弱，终致灭亡。

⑥ 曹操《短歌行》云："月明星稀，乌鹊南飞，绕树三匝，何枝可依？"以乌鹊无依比喻人民流亡。这两句更进一步，说只要国家尚存，总还有土地可供流亡；如果国家都不再存在，那就连想要流亡也为难了。

⑦ 这两句是说，形象优雅、品德高洁的自己，虽处天涯，却仍对现实局面深感不安。风雨心：在风雨飘摇的国势之中动荡不安的心情。杂佩：左右佩玉，古人的一种妆扮。陆离：长貌。屈原在《离骚》中描写自己的形象说："高余冠之岌岌兮，长余佩之陆离。"作者借以形容自己。

⑧ 这句是说，自己对于这种情状感到痛苦，将随宇宙永存，没有穷尽。

⑨ 无所之：无地可去，应上"不愁"二句。

⑩ 这两句是说枯根不可重生，白发难以变黑，但句意未醒，因为发可染而根不可染。空尔为：白白地这样做了，指服良药。这是比喻拯救国家民族，要从根本上解决问题。

⑪ 写：同"泻"。

⑫ 一掬：一捧。

⑬ 济：水名，源出河南省，东流入山东省境内，其下游后为黄河及大小清河所占。江、河、淮、济，古称四渎，所以济、淮并称。

【品评】

谢翱的《效孟郊体》诗共七首，这里选录的三首，既具有孟郊的悲苦和幽僻，也参有李贺的光怪和古艳，而其描写的环境和人物，则更有类于《咏怀》中的阮籍，甚至如《离骚》中的屈原。无望的现实和热烈的希求交织在这些诗篇中，引起了心灵的激烈冲突，诗人的感情一次又一次地爆发出火花。第一首是写在秋天月夜的感受，他空虚，他追求，却因前途的渺茫而感到怅惘，很曲折地表达了亡国的痛楚。第二首以草木零落、美人迟暮这些传统意象来暗示故国的沦丧。第三首借男女之情寄寓对祖国的忠爱，由盆水起兴，盆中出日月，盆水涵济淮，都是小中见大，幻中见真。末两句描写自己伶俜孤独，顾影自怜，细致地刻画了遗民悲痛的心态。元任士林在《谢翱传》中评论说："所为歌诗，其称小，其指大，其辞隐，其义显，有风人之余，类唐人之卓卓者。"精当地指出了谢诗的成就。

程千帆小传

莫砺锋

程千帆先生原籍湖南宁乡。1913年9月21日出生于长沙清福巷本宅。当时的程家相当清贫,但却是一个富有文学传统的诗书之家。程先生耳濡目染,自幼便能吟咏。更重要的是,程先生在十多岁时曾在其伯父君硕先生所办的私塾"有恒斋"里研读了许多经典著作,这是他日后在文史研究中如鱼得水的重要原因。1932年,程先生考入金陵大学,在"东南学术"的熏陶下,程先生真正做到了转益多师、博采众长,积累了深厚的学养。

1936年,程先生自金大毕业,回母校金陵中学任教一年。次年,抗日战争爆发,他避难至安徽屯溪,在安徽中学任教。此后辗转于长沙、武汉、重庆、康定等地。1940年重归教育界,在四川乐山技艺专科学校任国文教员。一年以后,又先后任教于在乐山的武汉大学,在成都的金陵大学、四川大学和四川省立成都中学。1945年抗战胜利后,才回到武汉大学任副教授,1947年升任教授,后又任中文系系主任。1957年,程先生被打成"右派",他的学术生涯中突然出现了长达十八年的断层。

程先生被打成"右派"以后,受到了残酷的迫害。他被剥夺了工作的权利,他的生活也发生了极大的变化,他被发配到远离武汉的沙洋农场，种地、养牛、养鸡……。然而，程先生没有丧失对人生的信念，没有放弃对真理的追求。当时的沙洋农场图书室里有一套晋隋八史。程先生如获至宝，他白天劳动、挨斗，晚上就细细地阅读这套书。程先生虽然没有能在流放生活中实现发愤著书的实绩，但毕竟没有中断对学术的思考，从而为日后重创学术辉煌作了切实的准备。1978年夏天，山东大学的殷孟伦教授、南京师范大学的徐复教授和南京大学的洪诚教授联名向南京大学校长匡亚明推荐程先生。匡校长立即决定聘请程先生到南京大学来任教，并派人到武汉去接洽。1978年8月，程先生来到南京大学，就任中文系教授。此时他已经六十六岁了，程先生决心要把被耽误的光阴夺回来，他带着满腔的热情开始了工作。程先生为自己制订了两个计划，一是对自己几十年的学术思考进行总结，写成著作贡献给学术界。二是抓紧时间培养学生，努力弥补十年动乱造成的人才断层。经过十多年的奋斗，程先生终于在两个方面都取得了卓异的成绩，他的人生中出现了奇迹般的晚年辉煌。

程先生把培养学生放在工作的第一位，在他看来，弥补"文革"所造成的损失，让光辉灿烂的中华文化后继有人，这是重中之重，急中之急。于是，程先生重新走上了母校的讲坛。他不顾年老体弱，亲自为本科生上大课。几个学期之后，程先生的健康情况不允许他再上大课了，他转而以培养研究生为主要的教学任务。1979年，程先生开始招收古代文学专业的研究生。程先生培养研究生有一套完整、周密的计划，而且形成了独特的教学风格。首先，程先生注意督促学生打好基础，这个基础不仅仅指本学科的基本知识，而且包括外语、艺术鉴赏等相关方面的学养。程先生还亲自设计了课程规划：有两门课是他亲自讲授的，一门是校雠学，另一门是杜诗。校雠学向来被视作学问之入门，程先生讲这门课时，主要着眼于让同学们了解如何利用古代的目录学著作，到如何选择好的版本，以及如何校正文字、去伪存真，乃至如何自己动手编写目录。程先生另一门亲自开讲的课程是杜诗。学生在这门课上学到的不仅仅是有关杜诗的知识，而且还有如何进行古典诗歌的研究的方法。这门课的教学成果的展示就是《被开拓的诗世界》这部师生合作的杜诗论文集。程先生为学生设计的课程不只是上述两门，而且是因材施教，精心布置的全面训练。他坚持主张研究生在写作学位论文之前一定要用一年或一年半的时间来认真阅读经典著作。经过严格的典籍研读之后，研究生才进入论文写作阶段。在指导研究生撰写学位论文上，程先生付出了更多的心血。首先，他要求学生认真选题，而且鼓励他们选取难度较大、学术价值较高的题目。在程先生看来，写论文是一次最好的锻炼，千万不可避重就轻，只求通过答辩。其次，程先生对于学位论文的撰写有严格的规范要求。从小处说，他要求学生一定要保证材料的可靠性，要求他们绝对不能剽袭成说。从大处说，他要求学生要具有问题意识，要能提出问题，解决问题，并勇于创新。他指导的九篇硕士论文和十篇博士论文，大多已经公开出版，它们在操作上都是符合规范的，在学术上都是体现出开拓精神和严谨学风的。显然，这种学术品格，正是程先生倾其心血所陶铸而成的，这是程先生一生教学工作的结晶。

在程先生重新踏上大学讲坛的同时，他也抓紧时机重新开始学术研究。程先生凭记忆把自己多年积累在心中的学术思考重新整理、加工，并以此为起点开始新的研究。他日以继夜，发愤著书。在短短的十来年间，程先生推出了二十多部著作，以高度的学术造诣使学术界为之震惊。程先生认为学术研究的目的是提出问题并解决问题，他所作的研究都带有实证的性质，从来不发凿空高论。正因如此，程先生成果的精华是单篇学术论文。程先生进行学术研究的最初目的虽是解决某个具体的问题，但是其结论却总是包含着重要的宏观意义。他认为从事古代文史的研究，一定要有通识。他主张研究文学史一定要着眼于通史，而不宜自我封闭于某一个阶段。他还主张研究者应注意各种文体及其关系，而不宜局限于某一种样式。他还主张古代文学批评和古代文学这两类研究之间不应存在鸿沟，不应视之为两个各不相关的学科。程先生研究的对象虽然往往是具体的作家、作品或文学现象，但他不是孤立地、静止地去考察这些对象，而是把它们置于广阔的背景中，从历时性和共时性两个维度进行比较、定位，然后得出结论来。程先生的论文虽然都以解决具体问题为最初目的，但它们的价值却远远地溢出于此。被收入《古诗考索》《被开拓的诗世界》等书中的论文，几乎每篇都具有方法论的启迪意义。

程先生的学术研究领域相当宽广，除了古代文学、古代文学批评之外，他还在文学史、史学、校雠学等领域中取得了丰硕的成果，他的《两宋文学史》（与吴新雷教授合作）、《程氏汉语文学通史》（与程章灿博士合作）、《史通笺记》、《校雠广义》（与徐有富教授合作）等著作均是体大思精的杰构。程先生虽然一直在从事高水准的学术研究，但他对于古典文献的整理工作以及古典文学的普及工作都很热心，并作出了很大的贡献。首先，程先生积极参加古籍整理工作。他曾参加国家古籍整理出版规划小组的工作，为筹划全国的古籍整理工作献计献策，并亲自承担了《全清词》的主编。直到八十高龄时，他还以老当益壮的精神参加了《中华大典》的编纂工作，并担任其中的《文学典》的主编，他精心策划选题，精心挑选合格的编纂人员。其次，程先生积极从事古代文学的普及工作。他编著的《古诗今选》《读宋诗随笔》都是优秀的普及读物，以很高的学术水准和鲜明的学术个性而区别于一般诗选。他与孙望等先生合编的《日本汉诗选评》不但有助于我国的读者了解日本汉诗，也大为彼邦人士所重。程先生还主编了专供外国学生所用的《中国古代文学英华》，使古典文学的光辉照及海外。

程先生不是一位只知埋首于故纸堆中两耳不闻窗外事的学究，他对当代的文学创作极为留意，对家事国事天下事都很关心。他既有淑世情怀，也有疾恶刚肠。程先生热爱生活，他以一颗赤子之心去拥抱世间一切美好的事物，他把自己对生活的感受和思考写入了他的诗歌，从少年时代的新诗，到中年以后的旧体诗词，都忠实地记录着他的悲欢离合，也忠实地反映着他所遭遇的那个风雨飘摇的时代。由于遭遇秦火，他的诗作只保存下来一册薄薄的《闲堂诗存》，以及几十首新诗。阅读他的新、旧诗作，可以感受到一个在艺术上不断地探索的诗人所经历的"少而锐，壮而肆，老而严"的过程，也可以感受到六十年风雨人生的心路历程。

2000年5月，程先生抱病参加了《中华大典·文学典》的样稿讨论会。几天后突发脑梗塞被送进医院抢救，从此昏迷不醒。6月1日，程先生从昏迷中突然醒来，说："我对不起老师，我对不起黄先生！"原来他一直牵挂着黄季刚先生日记的出版，这是他在弥留之际最放不下的事情。当时十五卷本的《程千帆全集》即将由河北教育出版社出版，程先生在人生的最后瞬间不问他本人全集的事，却念念不忘其先师的书，说明尊师重道的观念已渗透到其本能之中。6月3日，程先生逝世。程先生在人生的最后二十年里以老骥伏枥的精神发愤努力，终于取得了余霞满天的晚年辉煌，但毕竟受到年龄和精力的限制，他的人生成就未能达到本来应有的高度。"千古文章未尽才"，皇皇十五卷的《程千帆全集》是20世纪一位历经坎坷的学者未尽其才的学术记录，是一部忧患之书。

程千帆著作目录

《文论要诠》,1948年开明书店出版,后修订为《文论十笺》,1983年黑龙江人民出版社出版。

《文学批评的任务》,1953年中南人民文学艺术出版社出版。

《古典诗歌论丛》(与沈祖棻合著),1954年上海文艺联合出版社出版。

《关于文艺批评的写作》,1955年湖北人民出版社出版。

《唐代进士行卷与文学》,1980年上海古籍出版社出版。松冈荣志、町田隆吉日译本,改名《唐代科举与文学》,1986年东京凯风社出版。

《史通笺记》,1980年中华书局出版。

《古诗今选》(与沈祖棻合编),1979年南京大学中文系曾印征求意见稿,1983年上海古籍出版社出版。

《古诗考索》,1984年上海古籍出版社出版。

《闲堂文薮》,1984年齐鲁书社出版。

《治学小言》,1986年齐鲁书社出版。

《日本汉诗选评》(与孙望合撰),1988年江苏古籍出版社出版。

《校雠广义·目录编》(与徐有富合撰),1988年齐鲁书社出版。

《被开拓的诗世界》(附《闲堂诗存》,与莫砺锋、张宏生合撰),1990年上海古籍出版社出版。

《程千帆诗论选集》(附《闲堂序跋文抄》),1990年山西人民出版社出版。

《两宋文学史》(与吴新雷合撰),1991年上海古籍出版社出版。

《校雠广义·版本编》(与徐有富合撰),1991年齐鲁书社出版。

《沈祖棻程千帆新诗集》(与沈祖棻合撰,程耀东编),1992年武汉大学出版社出版。

《程氏汉语文学通史》(与程章灿合撰),1999年辽海出版社出版。

《宋诗精选》,2002年江苏古籍出版社出版。